연극하는 날

노여래 다큐 에세이

목차

일러두기

1. 이 책에 실린 인명은 극단 '연필통'에서 서로를 부르는 별명을 그대로 사용하였다. 별명이 있었으나 주로 본명으로 불린 박상병 팀장, 우대경 사회 복지사, 지연화 상담 지원 활동가는 본명을 사용하였다.

2. 책에 수록된 사진은 다큐멘터리 〈연극하는 날〉의 화면을 출력한 것이다. 또한 공연의 줄거리를 해설한 화면은 영화에 삽입된 애니메이션 〈연극의 줄거리〉에서 출력한 것이다. 단, 프롤로그의 공연용 포스터 사진과 덧붙이는 글의 프로필 사진은 당시 공연 팸플릿 제작을 위해 김명집(가림토) 사진작가가 촬영한 것을 사용하였다.

등장인물(등장순)

탐진치   60대. 훤칠한 키에 뿔테 안경을 즐겨 쓰며 맵시 있게 꾸미고 다닌다. 임대 주택에 살며 지역 자활 센터에서 일한다.

촌놈   60대. 꽁지머리를 기르고 있다. 자립 노숙인으로 임대 주택에서 살고 있다.

늘보   40대. 새하얀 얼굴이 눈에 띈다. 서울역 다시서기센터에서 지내다 임시주거 지원을 받는다.

마당쇠   50대. 불룩 튀어나온 배를 내밀고 노래 부르는 것을 즐긴다. 최근 임대 주택에 입주했다.

시나브로   40대. 고시원에서 지내지만 연기에 대한 열정이 가득하다. 대학로로 진출하는 유일한 단원.

은하별   50대. 서울역 다시서기센터에서 지내다 첫 번째 정기 공연을 준비하며 탈북자 출신이라는 사실을 밝힌다.

또치   20대. 늘보, 은하별과 함께 임시주거 지원을 받는다. 극단에서 가장 나이가 어려 카페 관리를 맡고 있다.

들국화   40대. 동자동에 방을 얻어 살고 있으며 손재주가 좋아 공장에서 일한다.

류   40대. 서울역 다시서기센터에서 지내다 집으로 간다며 탈퇴한다.

박상병 팀장   40대. 서울역 다시서기센터에서 연극 활동을 담당한 사회 복지사.

지연화   40대. 극단 연필통에서 상담을 지원하는 자원 활동가이며 박상병의 아내.

항아리   30대. 극단 프락시스 소속으로 연극을 교육하러 다시서기센터에 왔다가 극단 연필통의 일원으로 활동하게 된 연극 연출가.

작은나무   30대. 연극 강사이자 작가로 극단 연필통 공연에 참여하여 연기와 무대 감독까지 맡아서 활약한 연극 배우.

네모   30대. 연극 강사이자 조연출로 〈연필통 사람들〉 공연에 참여했으나 위기 상황에서 배역을 맡아 연기하게 되는 연극배우.

올레   40대. 극단 연필통의 첫 번째 정기 공연 준비 과정을 촬영해 다큐멘터리로 제작하려는 영화 전공 대학원생.

프롤로그

다큐멘터리 〈연극하는 날〉은 2012년 노숙인 극단 '연필통' 제1회 정기 공연 〈연필통 사람들〉의 준비 과정을 담은 영화이다. 영화 〈연극하는 날〉은 2020년 DMZ 국제 다큐멘터리 영화제 한국경쟁 부문에서 상영되었으나 코로나19의 영향으로 제한된 숫자의 관객만 만날 수 있었다.

최초의 노숙인 극단인 연필통은 〈이문동네 사람들〉을 창단 공연으로 올린 후 2017년까지 총 7회의 공연을 이어 왔으나 예산 부족과 코로나19로 인해 더 이상 연습을 계속하지 못했고, 이 책이 발간되는 2025년을 끝으로 해산하게 되었다.

이 책은 당시 지역문화예술교육의 일환으로 극단 연필통에서 진행된 연극 교육과 공연 준비, 그리고 영화에 미처 담지 못한 뒷이야기를 글로 옮긴 것이다.

연극 〈연필통 사람들〉 공연 포스터 사진.

1장
소개의 글

1-1. 시작

연극 〈이문동네 사람들〉 공연 장면.

2012년 5월 30일 저녁 9시, 대학로에 위치한 '아름다운 극장'.

뜨거운 열기 속에 이틀째 이어진 연극 〈이문동네 사람들〉 공연이 끝나고, 조명이 밝게 켜진 가운데 출연한 배우들과 함께하는 관객과의 대화가 진행되고 있었다.

객석의 한 남자 관객이 질문을 던졌다.

"공연 잘 봤습니다. 저는 배우들한테 연극의 힘은 뭐라고 생각하는지 묻고 싶습니다."

이번 연극에서 악역을 맡았던 배우 탐진치가 손을 들고 답했다.

"연극을 해 보니까 결과보다 과정이 너무 좋았어요. 연습도

하지만 놀러도 가고, 회식도 하고⋯ 저는 직장에서 왕따를 당했는데 수요일 연습만 기다렸어요. 여러분도 연극을 해 보시면 매력을 알게 될 겁니다."

몇 달 동안 수염을 길게 기르고 나와 진짜 수염이냐는 질문도 받은 발아는 소감을 묻는 말에 이렇게 답했다.

"그동안 떨어져 나간 사람도 있고, 새로운 멤버가 들어오기도 했는데⋯ 들판에 풀잎이 일어났다 넘어졌다 하는 것처럼, 연극을 통해 함께 어울릴 수 있는, 그런 세상이 됐으면 좋겠어요."

제일 나이가 많은 배우 촌놈의 한마디는 모두의 박수를 이끌어 냈다.

"저도 힘들게 살았지만, 연극을 하면서 당당하게 여러분과 함께 한자리에서 어울릴 수 있다는 용기를 얻었습니다. 여기 같이 공연한 분들이 잘해 줘서 무난히 마쳤는데, 앞으로 잘되라고 관객들께서 큰 박수 한번 주시면 좋겠습니다."

이날 공연은 극단 연필통의 창단 공연이었다. 연필통이란 '연극으로 필이 통하는 사람들'이라는 말에서 첫 글자를 딴 것으로, 단원들이 함께 머리를 맞대고 고민해 지은, 국내 최초 '노숙인 극단'의 이름이었다.

2011년 봄, 극단 프락시스의 강사들은 서울시의 지원을 받아 '노숙인과 함께하는 시민 연극'이라는 주제로 지역문화예술교육사업을 진행하기 위해 노숙인 시설인 '서울특별시립 다시서기상담보호센터', 줄여서 '다시서기센터'를 찾았다. 공개모집과 추천을 통해 연극에 참여할 사람을 모은 이들은 성공적으로 공연을 마쳤고, 이듬해인 2012년에는 정식으로 극단을 창단하기로 계획하고 창단 공연을 준비했다. 그로부터 사 개월의 시간이 지나 이날 두 번째이자 마지막 공연을 끝으로 창단 공연 일정이 모두 마무리된 것이었다.

공연이 마무리되고 일주일이 지난 6월 6일, 배우, 강사와 자원 활동가들은 공연 평가를 위해 용산구 갈월동에 위치한 다시서기센터 지하 연습실에 모였다. 다큐멘터리 감독인 올레가 촬영한 창단 공연 기록 영상을 본 이들은 하나같이 흥분한 표정이었다.

"아쉬운 점은 있지만 그래도 잘했고… 집에서 술이나 먹고 있던 놈을 불러내서 이렇게 무대에 세워 준 거 정말 고맙습니다."

왠지 오늘도 한잔 걸치고 온 듯 얼굴이 불콰한 촌놈이 공연을 마친 소감을 말하자 모두들 웃으며 박수를 보냈다. 차례가 돌아오자 늘보가 멋쩍은 표정을 지으며 입을 뗐다. 이번 공연에서 주인공인 이문동 역 은하별에 이어 가장 대사가 많고 어려운 역할을 맡아 활약했던 것이 늘보였다.

"사실 저는 아는 사람이 신문 기사를 볼까 봐 걱정했는데⋯ 그냥 생각 안 하려고 했어요."

늘보의 말에 몇몇의 얼굴이 어두워졌다. 공연 첫날, 경향신문 등 몇 군데 언론사에서 '노숙인 극단 창단 공연'이라는 이슈로 취재를 하러 왔던 일이 떠올랐기 때문이었다.

텔레비전에 내가 나온다면

처음 노숙인 극단 연필통의 창단 공연 소식이 알려졌을 때부터 다시서기센터에는 취재 요청이 줄을 이었다. 공연 첫날인 5월 29일에는 방송사에서도 촬영 허가 여부를 타진하는 전화가 왔다. 센터에서 연극 활동을 담당하는 사회 복지사 박상병 팀장은 곧바로 연습 중인 연출진과 배우들을 모아 놓고 의견을 물었다.

"언론에 나갈 때 '노숙인 극단'이라고 나갈 겁니다. 촬영도 하고 인터뷰도 할 거예요. 우리가 계속 활동하려면 예산도 필요하고, 사회적 관심이 도움이 되는데, 그렇다고 여러분의 의사를 무시하지는 않겠습니다. 어떻게 생각하는지 말씀들 해 주시면 좋겠어요."

"사실상, 기자라는 사람들을 믿을 수가 없다, 그게 문제란 말이에요."

큰 덩치에 항상 웃는 얼굴로 힘든 일이 있을 때마다 앞장서는 마당쇠가 이번에는 굳은 표정으로 입을 열었다.

"나는 말이죠, 전에 아주 안 좋은 일이 있어 가지고… 노숙인의 '노' 자도 붙는 게 싫단 말이지."

"노숙한 건 사실이고… 흑백으로 나가는 신문은 얼굴 알아보기도 힘들어서 상관없어."

대수롭지 않다는 듯 발아가 한마디를 던졌다. 박 팀장이 끼어들었다.

"노숙인이라는 표현이 들어가면 부정적인 편견을 피할 수는 없을 것 같아요. 노숙인이라는 말은 가능한 자제하는 걸로 요청하고, 영상 촬영은 거절하고 신문에만 나가는 건 어떻게 생각하세요?"

이야기를 듣고 있던 탐진치가 나섰다.

"아니 이럴 때는 좀 알아서 나서야지, 응? 우리 극단을 남들한테 홍보하는 목적도 있는데, 안 그래? 전에 다른 행사할 때는 말이지, 허락도 안 받고 막 찍더라고! 나는 거기 찍혀서 친구들이 다 알아보고, 동창회에서 제명한다는 말도 들어 봤다니까."

그런 일은 비일비재했다. 추운 날 서울역 근처에서 공짜로 옷을 나눠 준다고 해서 가 보면, 받아 가는 사람들의 기뻐하는 얼굴을 찍으려고 촬영 중인 카메라가 있었다. 탐진치는 평소 다른 단원들과 이야기를 많이 하는 편이 아니었지만, 이번만 큼은 할 말이 많은 듯했다.

"그래도 나는 상관없어. 내가 노숙인인데 뭐! 노숙인더러 노숙인이라고 하는데."

"선생님 뜻은 알겠는데, 다른 사람 의사도 존중하셔야 해요. 여러분 의견도 같으신가요?"

"지상파 방송에 출연하는 건 좀 그렇고, 다른 언론은 괜찮을 거 같아요."

박 팀장의 질문에 늘보의 대답이 쐐기가 되었다. 결국 그날은 일단 신문사 두 군데의 취재 요청에 응하기로 해서 발아와 탐진치가 인터뷰에 나섰다.

"뭐 홍보해 달라고 하면 찍지도 않아. 찍어 준다고 할 때 찍어."

신문에 나갈 사진 촬영이 시작되자 분위기를 띄우려는 듯, 시나브로가 빙글빙글 웃었다. 고생스럽게 살다 보니 치아가 다 빠져 입을 가리면서 말하는 버릇이 있었지만, 한때 그는 탤런트로 활동한 적이 있었다.

노숙인 극단의 상품성

그로부터 일주일이 흐른 6월 6일 창단 공연 평가 회의. 언론 노출 문제를 놓고 벌어진 이날의 토론은 공연 때와는 비교할 수 없이 격렬했다.

"실제로 언론에는 극단 연필통이라고 하기보다 그냥 '노숙인 극단'이라고 많이 나왔단 말이죠. 우리가 지금 노숙인이야?"

"그런데 노숙인 극단이라는 게 전혀 안 맞는 이름은 아니다 이거지."

마당쇠의 하소연에 또래인 은하별이 곧바로 대꾸했다.

"나중에는 노숙인이라는 딱지는 사라지고 연필통만 남지 않을까요?"

"뉴스에서도 노숙인 '출신'이라는 표현을 썼던데, 아무리 잘해도 '노숙인'이라는 타이틀은 계속 따라올 거 같다는 거죠."

희망 섞인 늘보의 말에 막내인 또치가 못마땅한 기색으로 말을 이었다. 이제 겨우 스물다섯밖에 되지 않아 단원 중 가장 어리지만, 컴퓨터에 능숙하고 정보 수집도 잘하는 터라 형님들도 그가 하는 말을 무시하지 못했다.

"지금은 노숙인이 아닌 사람들도 있는데 우리 배우들이 다 노숙인인 것처럼 연합뉴스에도 나오더라고요."

"사실상, 객지에서 살다 보면 이래저래 다 노숙하는 거 아니야?"

"저는 마음에 희망이 있으면 노숙이 아니라고 생각해요!"

변명 같은 마당쇠의 한마디에 평소 말이 없던 들국화까지 볼멘소리를 하자, 박 팀장이 나서 이야기를 정리하려 시도했다.

"선생님들, 일단 지금은 앞으로 어떻게 언론에 대응할지에 대해 얘기하시죠."

"음, 나는 노숙인 꼬리표는 어차피 계속 달릴 거라고 생각해."

공장을 경영하는 사장님이기도 했고, 이래저래 사회 경험이 많은 연장자인 촌놈의 말에 분위기가 싸해졌다. 내친김이라는 듯이 은하별이 말을 이었다.

"우리의 가장 큰 강점이 뭐냐, 연필통은 노숙인이라는 게 강점이다 이거지. 왜 강점을 무시해? 그럼 연필통이 존재할 수 없다는 거야. 노숙인이 만든 극단이기에 가치가 있고 호기심을 불러일으키고 상품성이 있는 거예요. 여러분은 그걸 알아야 한다 이거지."

"입장 차이가 있는데 그걸 하나로 맞출 수는 없다 이거죠. 나는 다른 노숙인들하고는 친하지 않은 게, 인식 차가 너무 심해요. 난 밖에서 자 본 적도 없다고!"

'노숙인'보다 '극단'에 방점을 찍기를 원하는 시나브로는 입장을 확실히 밝혔다.

"노숙이 강조되면 나는 여기 참여할 생각이 없어요!"

"아니 선생님들, 우리가 이 얘기로 처음 논의하는 건데 이렇게 극단적으로 말하면 의논하기 어려워요!"

분위기가 격양되자 박 팀장이 애써 웃는 얼굴로 손을 휘휘 저었다. 하지만 들국화가 뭔가 알아들을 수 없는 말을 중얼대는가 싶더니, 곁에 있던 또치가 갑자기 눈물을 뚝뚝 흘리기 시작했다. 창단 공연부터 노숙인 극단이라 스스로 붙인 이름을 놓고 말씨름을 하다니, 극단의 험한 앞날을 보여 주는 것만 같았다.

잠시 회의를 멈추기로 하고 담배 태울 시간을 가진 단원들은 격해진 감정을 추스르고 서로에게 사과했다.

"방송 나오는 거는 미리 염려하지 말자고. 일단은 우리가 이번 공연을 통해서 용기를 얻었다는 거, 거기에 자부심을 가지자고."

촌놈의 한마디에 늘보가 덧붙였다.

"나중에는 다른 노숙인을 도울 수도 있고, 이런 고민은 사라지지 않을까요."

무대 감독인 네모가 말했다.

"저는 같이 공연하시는 분들을 노숙인이라고 생각한 적 없어요. 그냥 같은 배우라고 생각했죠."

1-2. 우리가 노숙인이야?

우리가 노숙인이냐 아니냐를 놓고 단원들 사이에 실랑이가 벌어진 것은 어제오늘의 일이 아니었다. 노숙인 시설인 다시서 기센터 지하실에서 연습할 때 말고 밖에서 만날 때면, '노숙인' 딱지가 도움이 되기도 하지만 반대로 차별을 부르는 낙인이 되기도 해서, 꼭 필요한 연습 외에는 일부러 빠지는 단원도 있었다.

노숙인(露宿人)이란 18세 이상인 성인 중에서 '상당한 기간 동안 일정한 주거 없이 생활하는 사람' 또는 '노숙인 시설을 이용하거나 상당한 기간 동안 노숙인 시설에서 생활하는 사람', 그리고 '상당한 기간 동안 주거로서의 적절성이 현저히 낮은 곳에서 생활하는 사람'이라고 법률에 지정되어 있다(법률 제17775호—노숙인 등의 복지 및 자립 지원에 관한 법률). 약칭인 '노숙인 복지법'으로 불리는 이 법률에 의하면 거리 생활을 하는 사람뿐 아니라 노숙인 시설을 이용하는 사람, 또 쪽방 등 주거 환경이 열악한 곳에 사는 사람은 모두 노숙인으로 정의될 수 있었다.

그러나 '노숙인 지원법'의 지원을 받는 대상일지라도 노숙인이라고 불리길 꺼리는 사람들이 많았다. 또 반대로 노숙인으로 불려도 상관없으니 지원받고 싶다고 해도, 살고 있는 쪽방이 행정 기관에 '쪽방'으로 등록되지 않은 곳이면 지원을 받지 못하는 경우도 있었다.

연필통이 창단될 당시 입단한 열다섯 명 중 이른바 '노숙인 당사자'로 불리는 아홉 명은 다시서기센터에서 잠자리나 임시 주거 등 이런저런 노숙인 지원을 받은 경험이 있었지만, 그중에는 단 한 번도 거리에서 밤을 보낸 적이 없는 사람도 있었다. 하룻밤도 거리에서 자거나 노숙인 센터에서 지낸 적이 없지만, 주거 취약 계층으로 분류되어 노숙인 지원법의 혜택을 받았다면 그 사람은 노숙인일까? 본인은 그렇게 생각하지 않을지라도 보건 복지부의 행정 서류는 그렇게 분류하고 있었다.

극단 연필통의 창단 공연을 영상으로 촬영한 올레는 당시 영상대학원 졸업을 앞둔 학생이었다. 학생이라고는 해도 서른여섯 늦은 나이에 입학한 아줌마라, 모르는 후배들은 교수인 줄 알고 복도에서 인사를 하고 지나가는 판국이었는데, 졸업할 즈음에는 어느새 마흔이 되어 있었다.

"쌤, 우리 센터에 연극을 하는 팀이 있는데 이번에 창단 공연을 준비하고 있어요. 연극 공연이라 사진 말고 영상으로도 기록을 남겨 두고 싶은데, 재능 기부 삼아서 촬영해 줄 수 있어요?"

전화를 걸어 온 박상병 팀장은 당시 다시서기센터 사업 팀에서 일하고 있었다.

"요즘은 연습하고 있는데 곧 단체 엠티를 가거든요? 엠티부터 같이 가서 촬영해 주면 더 좋고요."

"글쎄요…. 시간은 있긴 한데요."

전화를 받은 올레는 박 팀장의 연락은 반가워했지만 용건에 대해서는 시큰둥한 반응을 보였다. 이미 졸업 작품도 완성해 제출했고, 그동안 탕진한 잔고를 생각하면 이제는 돈이 되는 일을 해야 하는 상황이었다.

올레가 촬영에 열의를 보이지 않는 데는 현실적인 문제 외에 또 다른 이유도 있었다. 이 년 전인 2010년 겨울, 서울역 노숙인 촬영을 하면서 느꼈던 바가 있기 때문이었다.

탈노숙의 조건

2010년 11월 서울시는 특별 거리 상담반 발대식을 시작으로 '겨울철 노숙인 특별보호대책'의 본격적인 시행을 알렸다. 특별보호대책에는 곧 개최될 G20 세계정상회의를 앞두고 이른바 '혐오 대상'인 거리 노숙인을 줄이기 위해 총 이백 명에게 주거비를 지원하는 '임시주거 지원사업'도 포함되어 있었다. 대상은 주로 서울역 인근에서 생활하는 노숙인으로, 노숙인 상담소에서 진행되는 면접을 통과하면 짧게는 두 달부터 길게는 넉 달까지 주거비를 지원받을 수 있었다.

원래 사회복지공동모금회가 소규모로 진행하던 노숙인 '임시주거 지원사업'은 재원 마련에 문제가 있어 종료되던 참이었다. 그런데 국가적 행사로 인해 노숙인을 눈에 보이지 않게 숨겨야 하는 상황이 되자 급하게 되살아나게 되었고, 동시에 대규모의 인원에게 방을 제공하려다 보니 서울역 주변 동자동, 갈월동, 청파동의 고시원이 동나서 중구를 비롯해 멀리 송파구에 있는 고시원까지 연결해 지원하는 상황이 되었다.

다큐 감독이 되기 전 구성 작가로 일하면서 서울시 노숙인 자서전 출판 사업에 참여한 적이 있었던 올레는 임시주거 지원사업 때문에 서울역이 북새통이 되었다는 소식을 전해 들었다. 마침 졸업 작품을 준비하던 참이라 이 상황에 관심을 가진 올레는 다시서기센터를 찾아갔다.

"지금 막 시작해서 촬영은 할 수 있을 것 같은데… 누굴 찍을 건데요?"

다시서기센터가 운영하는 서울역 상담소에서 만난 박 팀장은 일 년 전 노숙인 자서전 출판 사업 건으로 만나 안면을 튼 사이였다.

"주거 지원을 받게 된 분 중에 촬영에 동의하시는 분이 있는지 봐서 결정하려고요."

노숙인을 취재할 때는 몇 가지 암묵적인 규칙이 있었다. 공익을 위해 촬영하는 것이라 해도 '반드시 본인의 동의를 받을 것'이 첫 번째였다. 서울역에서 노숙 생활을 하는 사람들이 폭발적으로 늘어났던 90년대 말 이른바 'IMF 위기' 때는 신문이며 방송에서 '거리의 노숙인'이라는 제목을 버젓이 달아서 서울역 광장에 앉아 있는 이들의 얼굴을 아무렇지 않게 내보내기도 했지만, 이제는 동의를 받지 않고 촬영하다가는 길 한복판에서 노숙인들로부터 뭇매를 맞기 십상이었다.

다른 규칙 중 하나는 '촬영의 대가로 특혜를 보장하지 않는다'라는 것이었다. 노숙인을 촬영하러 서울역에 오는 기자나 피디 중에는 원하던 소스를 얻지 못했을 때 궁여지책으로 '기사가 나가면 지원을 받는 데 도움이 된다' 혹은 '인터뷰를 잘해주면 성금을 모금하는 방송 프로그램에 출연할 수 있게 소개해 주겠다'라고 약속하며 사연 팔이를 요구하는 사람들이 가끔 있었다. 문제는 약속한 대가를 받지 못하면 아무리 힘없는 노숙인이라도 그냥 넘어가지 않는다는 점이었다. 이미 노숙인들 사이에는 '누가 속아서 방송에 나갔다가 언론중재위원회에 고발했는데 합의금으로 이백만 원을 받았다더라', 또 '누구는 K 모금 프로그램에 나가서 삼천만 원을 벌었다더라' 등, 언론과 방송에 출연하는 일에 대한 이런저런 소문이 퍼져 있었다.

어차피 출연자에게 해 줄 수 있는 게 없는 올레는 대단찮은 영화 전공 학생임을 밝히고 별 대가 없이 자신의 일상과 사연을 나눠 줄 사람을 찾아야 했다. 다행히 한겨울 따뜻한 방을 무상으로 지원받게 되어 기분이 좋아진 노숙인 몇 명이 출연에 동의해 주었고, 올레는 이들이 주거 지원을 받아 방을 구하는 과정, 그곳에서 지내면서 겨울을 나는 과정, 봄이 되어 주거 지원이 끝났을 때 다시 거리로 나서게 되는 상황까지 카메라에 담았다.

대규모로 시행된 노숙인 임시주거 지원사업에는 명암이 공존했다. 이 사업 덕분에 그해 겨울 기록적인 추위에도 불구하고 오히려 전년도에 비해 동사자가 줄어든 것은 부인할 수 없는 사실이었다. 특히 거리 생활로 건강을 해쳐 면역력이 약해진 이들에게 여러 사람이 함께 묵는 시설이 아닌 개별 주거 공간을 제공하게 되면서, 신체적으로나 정신적으로 회복할 기회를 준 것은 확실했다. 방을 얻은 사람들이 밥을 챙겨 먹고 병원을 다니며 얼굴이 좋아지는 모습을 지켜보는 것은 흐뭇한 일이었다.

하지만 몇 달 뒤 지원이 끝난 이들 대부분이 다시 거리로 나오게 되면서 한계도 드러났다. 올레가 촬영하던 사람 중에는 방 생활을 채 한 달도 견디지 못하고 문제를 일으킨 사람도 있었다. 기초 수급 지원을 신청하고 심사를 기다리던 그는, 몸을 망쳐서 등급을 더 높게 받겠다는 핑계로 열흘 정도를 밥 대신 술만 먹고 지냈다. 고시원에서도 난동을 피우는 바람에 사례 관리를 맡은 사회 복지사에게 각서를 쓰는 등 우여곡절을 겪었는데, 결국 몰래 고시원비를 돌려받고 방을 나간 뒤, 그 돈으로 거하게 술판을 벌이는 모습이 서울역 광장에서 목격되었다.

비교적 착실하게 고시원 생활을 하던 이들에게도 문제가 없지 않았다. 출연자 중 한 사람은 겨울이라 잡부 일도 없어 모아 둔 돈으로 겨우 입에 풀칠을 하기도 바쁜데 가끔씩 술집에 가서 턱없이 큰돈을 쓰는 일이 잦았다. 지독한 외로움이 빚어낸 결과였다. 임시주거 지원 기간을 무사히 버텨 내고 기초 수급을 받게 된 한 출연자가 남긴 말은 의미심장했다.

"저는 꼭 한강 한가운데 있는 섬에 사는 것 같아요. 왜 그런 영화 있었잖아요? 방이 생긴 건 좋은데, 사람을 만나지 못하고 사니까 힘든 거 같아요."

서울시는 2010년의 경험을 바탕으로 임시주거 지원사업을 상시 진행하기로 했고, 시행을 맡은 노숙인 복지 기관들은 더

엄격하게 지원 대상을 심사하고 사례 관리를 함으로써 지원이 끊김과 동시에 곧바로 거리로 돌아가는 사람들의 비율을 줄였다. 그러나 사회 복지 서비스를 받은 사람이 지역 사회로 돌아오지 못하고 다시 서비스 대상자가 되는, 이른바 '회전문 현상'이라 불리는 상황을 막는 데는 한계가 있었다.

영화를 마무리하면서 올레가 나름대로 내린 결론은 이것이었다. '노숙인에게 일시적으로 주거 공간이나 일자리가 제공되더라도 이것을 꾸준히 유지할 수 있도록 일상적으로 지지해 주는 공동체가 없다면 탈(脫)노숙 상태가 오래 지속되기는 힘들 것이다'.

하지만 이미 한번 가족을 잃었거나 버렸고, 자존감도, 살아갈 재미도 잃어버린 사람들에게, 지켜야 할 일상이나 함께할 공동체가 있을 수 있을까? 2012년 2월 박 팀장의 전화를 받았을 때 올레는 여전히 노숙인 복지 시설에서 촬영하는 것에 회의를 갖고 있었다.

1-3. 첫 번째 정기 공연 D-119

연초에 극단 연필통이 창단 공연을 처음 준비할 때 참여하기로 한 사람은 서른두 명으로, 노숙인 당사자인 배우가 열아홉 명이었고 연출을 비롯한 교육 강사와 공연 스태프, 자원 활동가 총 열한 명에, 극단 프락시스의 기획자인 김지연 대표와 다시서기센터의 박 팀장이 지원을 맡기로 되어 있었다. 그러나 단체 엠티를 다녀오고 본격적인 연습이 진행되자 한두 사람씩 연락도 없이 빠지기 시작하더니, 최종적으로는 열두 명이 배우로 오디션에 참여하게 되었다. 김소진의 소설인 『장석조네 사람들』을 각색해 완성한 〈이문동네 사람들〉 대본에서는 악덕 임대인 '이문동'의 집에 세 들어 사는 다섯 명의 세입자가 주요 등장인물이었는데, 은하별과 촌놈, 시나브로와 늘보가 이들 역할을 맡았다. 나머지 한 명이자 유일한 여성 배역은 극단의 상담자로 자원 활동을 하고 있는 지연화가 맡게 되었다.

처음 30쪽에 달하는 대본으로 연습에 들어갔을 때는 연출을 맡은 항아리를 비롯한 강사들의 걱정이 컸다. 하지만 두 달간의 연습 동안 어떻게든 연극을 무사히 올려 보겠다면서 중간에 사라진 사람들의 대사까지 외우며 노력하는 배우들의 모습에 모두가 감동을 느꼈고, 몇몇은 공연이 끝나고 마련된 관객과의 대화에서 눈시울을 붉히기도 했다. 그중에는 단체 엠티에 따라갔다가 낚여서 연습 과정부터 공연까지 촬영하고 있었던 올레도 있었다.

"원래 계획보다 훨씬 많이 시간을 들였고, 힘들기도 했어요. 그래도 여기 센터만 오면 에너지가 생기더라고요. 무엇 때문인지는 모르겠어요. 모르겠는데…."

다시 6월 6일 다시서기센터 회의실. 창단 공연 평가 회의에서 연출을 맡았던 항아리는 마지막 순서로 소감을 말하며 뜻밖의 얘기를 꺼냈다.

"제 스스로 연출은 내 길이 아니구나 한동안 생각했는데, 이번 일을 하면서 정말 굉장한 작업을 했다고 느낀 것 같아요."

무대 감독을 맡았던 네모와, 조연출에 작가도 겸하고 있는 작은나무가 의미심장한 표정으로 항아리를 쳐다보았다. 항아리가 말을 이었다.

"그래서 진짜 극단 작업처럼 시도해 볼 수도 있겠다…. 그런 생각이 들었습니다."

대학에서 연극 영화학과를 전공하고 연극 연출의 길을 선택해 교도소 재소자, 고등학교 위기 학생 등 다양한 사람들과 교육 연극을 올려 봤던 항아리에게도 노숙인과의 만남은 이번이 처음이었다. 껑충하니 키가 크지만 순한 인상에 늘 허허 웃는 그를 만만히 본 것인지, 평소처럼 낮술을 먹고 다니다 연습실에 나타난 배우들은 정색을 하고 혼내는 항아리의 모습에 깜짝 놀라기도 했다.

'오빠가 이번 일에 진심이구나….'

이번 공연을 준비하며 처음 만났지만, 공동 창작한 대본의 대표 집필을 맡으면서 누구보다 많이 이야기를 나눈 작은나무는 새삼 항아리의 마음이 각별한 것을 느꼈다. 작은나무 역시 연극배우이자 교육 강사, 작가로 활동하면서 다양한 나이의 일반인들과 연극을 만드는 작업에 참여했지만 이번처럼 희로애락을 겪으며 일하기는 처음이었다. 배우가 연습에 나타나지 않으면 '늦어서 그렇겠지'하고 마는 다른 공연과는 달리 '또 대본을 새로 써야 하나' 고민해야 하니, 공연까지 하루하루 가슴을 졸여야 했다. 그래도 막상 공연이 끝나고 나서는 아무렇지 않다는 듯이 시원스럽게 소감을 말하고 만 참이었다.

"제가 여러분을 너무 과소평가했구나 생각했어요. 다들 정말 잘하셨어요! 그리고 강압적으로 하지 않았는데 진짜 열심히 해 주셔서 다시 한번 박수를 드리고 싶어요!"

창단 공연 평가 회의는 그렇게 화기애애하게 끝났다. 하지만 서울시가 지원하는 지역문화예술교육사업에 참여해 올겨울 한 번 더 공연을 치러야 하는 책임을 맡은 항아리, 작은나무, 네모 세 사람은 심각한 고민을 안고 있었다.

창단 공연을 함께 했던 배우들 중, 음주 문제로 몇 차례 사고를 일으켰던 발아는 결국 정식 입단을 하지 않고 극단을 떠나고 말았다. 공연 직전 탈퇴를 선언했던 또 다른 한 명은 얼마 후 세상을 떠나기도 했다. 소식을 들은 단원들은 큰 충격을 받았다. 술에 취해서 연습에 나타나지 않는 일이 잦았고, 결국 공연에 참여하지 않아 욕을 하기도 했지만, 아끼는 시를 읊는 것을 좋아했던 착한 친구였다. 얼마 전까지도 센터 부근에서 만나 함께 술을 마셨던 그가 급성 알코올 중독으로 돌연사했다는 이야기에 한동안 아무도 술을 먹지 않았다. 노숙인의 삶에는 늘 죽음의 그림자가 어른거리는 게 현실이었지만, 함께 모여 잔을 들 때마다 세상을 떠난 이의 얼굴이 떠올라, 전처럼 쉽게 술을 넘기기 어려웠기 때문이었다.

입단 원서

첫 번째 정기 공연을 준비하게 된 강사들은 신중하게 작품을 골랐다. 창단 공연을 통해 확인한 바로, 극단 연필통 배우들은 긴 독백을 외우는 것은 힘들어했지만 생활 대사는 아주 자연스럽게 주고받는 편이었다. 또 시나브로를 제외하고는 연기 경험이 없다고 했지만, 자기가 잘 아는 상황이나 소화할 수 있는 대사에는 감정 표현이 잘 되는 편이었다. 단원 대부분이 남자고 삼십 대 이상이라는 점도 고려할 필요가 있었다.

고심 끝에 고른 작품은 〈매직타임(Magic Time)〉이라는 연극으로, 1982년 미국 작가 제임스 셔먼이 발표했고 한국에서는 장진 감독의 연출로 대학로에서 호평을 받은 작품이었다. 원작에는 시카고 어느 극장에서 셰익스피어의 〈햄릿〉 공연을 준비 중인 작은 극단의 단원들이 등장한다. 이들은 공연을 앞두고 서로 간의 갈등과 개인적인 문제로 공연을 올리지 못할 지경에 이르지만, 결국 무사히 갈등을 해결하고 해피엔드를 맞는다.

강사들은 이 작품을 각색하여 연필통 단원들이 공연을 준비하는 상황으로 바꿔 보기로 했다. 극단 연필통이 창단 공연을 준비하면서 겪은 갈등과 희로애락도 상당했기 때문에 〈매직타임〉이란 작품의 상황이나 대사를 소화하기 쉬울 거라는 판단에서였다.

7월 4일. 한 달간의 방학이 끝나고 다시서기센터 지하실에 모인 사람은 총 열한 명. 연출을 맡은 항아리가 정기 공연 계획에 대해 설명했다.

"7월 말까지 대본을 완성하고, 8월 7일 오디션을 볼 거예요. 그리고 연습에 들어가서 10월 말 공연하는 걸로 잡아 놨습니다. 이번엔 나흘 동안 총 4회, 하루 한 번씩 총 네 번 공연할 계획입니다."

공연이 네 번이라는 말에 술렁이는 단원들을 등지고 항아리가 하얀 칠판에 네 글자를 적었다. 〈매직타임〉.

"이번 공연에 영감을 준 건 〈매직타임〉이라는 이야기인데요.

매직타임이란 '마법의 시간'이라는 뜻입니다."

이어 그는 연극 〈매직타임〉의 줄거리를 간단히 소개했다.

"이 작품을 고른 건 미국이 아니라 우리 연필통을 배경으로 이야기를 풀면서 우리들의 진짜 이야기를 담아 보겠다는 뜻인데요…. 문제는 실제 연필통에 있었던 갈등이 드러난다는 점이겠죠."

연습실에 잠시 정적이 흐르자 매사에 앞장서는 마당쇠가 가장 먼저 입을 뗐다.

"뭐 기왕에 한다면 진지하게 해야 하지 않겠습니까."

"음, 나는 잘은 모르지만, 극단 얘기를 한다면 진짜 우리 모습이 자연스럽게 나오리라 생각해."

촌놈이 의견을 내놓자 박 팀장이 모두가 걱정하는 바를 슬그머니 끄집어냈다.

"노숙 얘기를 굳이 넣을 필요는 없을 것 같은데, 우리 실제 모습이 나온다는 건 좋은 거 같아요. 연필통의 강점은 진정성이니까 그걸 표현해야겠죠."

"잘하면 대박이고 못하면 쪽박일 것 같은데?"

시나브로가 장난기 어린 말투로 한마디를 보태자 박 팀장이 덧붙였다.

"글쎄요. 사회적인 이슈로 만들고 싶으면 본인들 얘기 그대로 넣으면 되는데… 저는 그런 걸 원하진 않아요."

여기저기서 킬킬대는 웃음소리가 이어졌다. 상담을 맡고 있는 자원 활동가인 지연화가 날카로운 코멘트를 던졌다.

"지금 보니까 원작보다는 우리가 공동으로 만들어 내는 부분이 메리트가 될 것 같아요."

작품 소개에 의하면 극단에 여자 배우가 한 명 있는 걸로 나오는데, 극단에 세 명뿐인 여자 중에서 조연출이자 작가인 작은나무와 다큐 감독인 올레는 무대에 올라갈 수 없으니, 이번에도 그녀가 여자 배역을 맡게 될 터였다.

"아 그리고 지금도 올레 쌤이 우리 회의하는 걸 찍고 계시는데… 연극 내용상 극단을 촬영하러 오는 여자 다큐 감독이 있어서 단원들끼리 싸우고 그러는 걸 막 찍을 거예요."

항아리의 설명에 '오오' 감탄하는 소리가 나오자 내친김에 박 팀장이 언론 노출과 관련된 단원들의 의사를 확인했다.

"앞으로도 우리를 취재하는 언론에서는 노숙에 대해 얘기할 거 같은데 어떻게 하실래요?"

"즐거운 마음으로 협조하기로 했어요. 아직은 알려야 할 입장이니까."

시나브로가 대답했다. 머뭇대던 늘보도 답했다.

"올레 님이 다큐 찍겠다고 하는 건 승낙했어요. 자연스럽게 나가는 건 괜찮은데… 나중에 잘되면 올레 님이 한턱내겠지."

"아 올레가 이번에 다큐를 촬영하기로 했어요?"

박 팀장은 미처 몰랐지만, 오늘 연습실에 모이기 전, 단원들을 일일이 찾아간 올레가 "극단 연필통 첫 번째 정기 공연 준비 과정을 다큐멘터리 독립 영화로 만들고 싶다"라면서 출연 의사를 묻고 다닌 참이었다. 그때는 영 미적지근한 태도로 말을 아꼈던 또치가 이번에는 뜻밖의 대답으로 올레의 뒤통수를 쳤다.

"하면 하는 거고… 촬영은 하려고 했는데 말주변이 없어서 안 했던 것뿐이에요."

반가워하는 올레의 표정에 덩달아 기분이 좋아진 박 팀장이 웃으며 이야기를 끝맺었다.

"그래요. 여기 없는 분들은 따로 촬영 허락을 받든지 하시고… 사실 방송국에서 새로 촬영 섭외가 들어온 것도 있는데 최수종 배우가 사회를 보는 프로그램이라고 하더라고요. 아직 확정은 아니고 취소될 수도 있고 하니까 나중에 다시 말씀드릴게요. 지난번 우리가 올린 창단 공연에 놀란 사람이 정말 많았어요. 노숙이라는 과정 자체가 보편적인 건데 당당하게 임하셨으면 좋겠습니다."

이날 강사진은 정식으로 단원 명부를 작성하기 위해 입단

원서를 단원들에게 나눠 주었다. 저마다 적어 낸 가입 사유는
가지각색이었다.

"경험 삼아서 시작"—촌놈

"연극을 통해 보다 적극적인 사람으로 변신하고 삶의 질을
높일 수 있기를 바라는 마음에"—늘보

"연극을 통해 자신감을 키우고 나를 변화하려고"—또치

"젊은 시절 연극 활동하던 것을 추억하고 싶어서"—은하별

D-119.

장장 119일 뒤에 올릴 극단 연필통의 첫 번째 정기 공연 준비
가 이렇게 시작되고, 올레의 다큐멘터리 〈연극하는 날〉도 본격
적인 촬영에 들어갔다.

2장
등장인물

2-1. 서울역에서 만난 사이

노숙인 복지 시설인 '서울특별시립 다시서기상담보호센터'는 IMF 경제 위기로 인해 서울역에 폭발적으로 노숙인이 증가한 1998년 처음 설립되었고, 2012년 당시는 대한성공회에서 수탁하여 운영을 맡고 있었다. 서울역 노숙인이 방송에 나올 때면 늘 화면에 함께 나오는 '서울역 상담소'를 서울역 광장 한편에서 운영하고 있었는데, 이 무렵에는 이름을 '서울시 희망지원센터'로 바꾸고, 서울역을 중심으로 노숙하는 이들에게 시설입소나 임시주거 지원사업 등을 안내해 주는 한편, 목욕, 의류지원 등의 편의 서비스도 제공하고 있었다.

극단 연필통의 연습실이 있는 '다시서기상담보호센터', 줄여서 '다시서기센터'로 불리는 곳은 갈월동 숙대입구역 근처에 위치한 지하 일 층부터 지상 오 층까지의 건물로, 이곳에서는 매일 이백 명이 응급 잠자리를 이용하는 것을 비롯해 하루 총오백 명의 노숙인이 방문하고 있었다. 매일 저녁 여섯 시 반부터 시작되는 무료 급식은 매일 백칠십여 명에게 제공되었는데, 오후 네 시면 벌써 식당이 있는 지하 주차장 입구에 신발이 줄지어 늘어서 있었다. 직접 줄을 서는 것은 시간 낭비에 다리도 아프기 때문에, 지하실 입구부터 각자의 신발을 나란히 놓아서 주차장까지 긴 줄을 만들어 두고 게시판 앞 흡연 공간 등에서 시간을 보내는 것이 암묵적인 규칙이었다.

이 외에도 무료 진료소, 응급 대피소가 서울역을 중심으로 좌우에 위치해 있었는데, 진료소에서는 직접 찾아오거나 상담원이 데려오는 노숙인을 진료하면서 병증이 심한 환자나 결핵 등 전염성이 있는 환자 등을 서울시립병원으로 이송하기도 했다. 서울역 주변에 있는 이들 기관은 일차적으로는 거리 노숙인이 안전하게 쉴 수 있는 잠자리를 제공하고, 이후 주민등록 복원과 임시주거 지원, 취업 지원을 통해 안정을 찾고 노숙 상태를 벗어날 수 있도록 돕고 있었다.

극단 연필통 창단 공연이 진행될 당시 다시서기센터에서 지내고 있던 배우 세 사람은 공연이 끝난 후 '임시주거 지원사업'을 신청했다. 면접을 거쳐 지원 대상이 되면 두세 달 분의 고시원비와 생필품을 받고, 취업 알선 등의 서비스도 이용할 수 있었다. 7월이 되면서 지원 대상으로 확정이 되어 고시원비를 지원받게 된 은하별, 늘보, 또치는 각자 원하는 고시원에 방을 구해서 센터를 떠났다.

7월 13일, 한여름 햇볕이 뜨겁게 내리쬐던 날, 임시주거 지원사업 대상자에게 생필품을 나눠 준다는 안내를 받은 세 사람은 서울역 광장에 있는 서울시 희망지원센터를 찾아갔다. 컨테이너를 이어 붙여 만든 센터 건물의 안쪽 응급 보호방 앞에는 먼저 도착한 사람들의 신발이 가득했다. 임시주거 지원을 담당한 사회 복지사가 종이를 나눠 주며 설명을 시작했다.

"오늘은 저희가 생필품 구매를 할 거예요. 일인당 팔만 원어치씩 구매할 건데요, 서울역 이 층 롯데마트에 지금 다 같이 가서 한 시간 반 동안 장을 볼 거예요. 쪽방에 계시는 분들이 대개 냄비나 버너가 필요하시거든요. 일단 먼저 다이소를 가시면, 그릇이나 냄비가 저렴한 게 있으니까 보고 사시면 될 거예요. 그리고 다이소에 찾는 게 없으면 마트에서 찾아보시면 되는 거예요. 라면이나 반찬 같은 것도 마트에 있고요."

예전에는 노숙인에게 물품이 지원될 때 당사자에게 선택의 여지가 없었다. 주는 사람 맘대로 고른 물건이 받는 사람 마음에 들지 않더라도 아쉬운 형편이니 주는 대로 받아야 했다. 그러나 이 무렵에는 당사자의 의사를 고려하여 필요한 물품을 직접 고를 수 있게 하고 있었다.

"지금부터가 중요한데요, 저희가 삼 층 카운터에 있을 거예요. 거기가 한가해서요. 장을 다 보시고 올라오시면 저희가 카드로 계산해 드릴 거예요."

사회 복지사가 나눠 준 종이에는 오늘 사야 할 생활용품의 예시가 적혀 있었다. 휴대용 가스레인지, 냄비, 숟가락, 젓가락, 반찬 통, 그릇, 컵… 누가 주는 밥을 먹지 않고 스스로 차려 먹기 위해 최소한으로 갖춰야 할 게 이렇게나 많았다. 일상생활에 필요한 물품도 적혀 있었다. 이불, 베개, 치약, 비누, 세제, 휴지… 센터에서 지낼 때는 공짜로 쓸 수 있는 것들을 모두 자기 돈으로 사야 한다는 것. 이것은 독립의 대가를 지불하는 것이기도 했지만, 스스로 자기가 쓸 물건을 선택할 수 있는 자유를 얻는 것이기도 했다.

거지가 아니라 중산층 쇼핑이야

마트에 들어가기 전 또치가 은하별에게 동전을 건넸다. 영문을 모르는 은하별에게 또치가 설명했다.

"여기는 카트가 그냥 나오지 않으니까 쓰세요."

이때만 해도 서울역 롯데마트에서 카트를 이용하기 위해서는 동전을 넣어야 했다. 카트를 훔쳐 가면 징역형을 받을 수 있다는 것이 알려진 이후에는 절도 건수가 줄고, 특히 노숙인이 카트를 가져가는 일은 없어졌지만 이것은 한참 후의 일이었다.

"카메라 의식되는 거 같아요, 찍으니까."

마트 안의 사람들은 물건을 고르느라 다른 사람에게 관심이 없었지만, 캠코더를 들고 자기를 따라다니는 올레가 영 어색한지 또치가 눈치를 주었다. 대신 은하별을 찾아간 올레는 그가 수저를 고르는 모습을 보고 카메라를 켰다. 은하별이 카메라를 보고 포즈를 잡았다.

"이게 왜 두 개냐면, 희망 사항, 희망 사항이에요."

"무슨 희망 사항이요?"

"이거 뭐 동물이 쓰나? 누가 쓰는 거야? 희망 사항이라니까. 딱 넘겨짚어야지."

수저 세트 두 개를 들고 은하별이 밝게 웃었다. 다이소를 나와 휴대용 가스레인지를 사러 마트 안을 돌아다니던 그가 속삭이듯 말했다.

"내가 96년 탈북인데, 이런 거 보지도 못했으니까… 이건 중산층 쇼핑이란 말이야. 거지가 지원받는 게 아니고."

장보기를 마친 세 사람은 카운터 앞에서 기다리던 사회 복지사를 만나 물건을 계산하고 각자의 방이 있는 고시원으로 갈라졌다. 은하별이 머무는 곳은 센터에서 멀지 않은 동자동에 위치한 '성심 독서실'이라는 이름의 고시원이었다. 여느 고시원과 마찬가지로 몸 하나 간신히 누일 공간에 낡은 TV와 선풍기, 소형 냉장고가 하나씩 있는 방이었다. 장 본 것을 내려놓고 정리하던 은하별이 명란젓 한 쪽 사 온 것을 냉장고에 집어넣었다. 돈이 모자라 반찬 통도 못 사는 와중에 몇 번이나 망설이다 겨우 집어 들었던 것이었다.

"명란젓은 향수 때문에 산 거예요."

대충 정리가 끝나자 선풍기 바람을 쏘이던 은하별이 담배를 찾았다.

"장모님이 함경도 출신인데 음식 솜씨가 좋았거든."

말투에서 드러나는 억양으로 단원들 모두 그가 탈북자라는 것을 알고 있었다. 하지만 고향이 어디냐, 노숙인 센터는 어떻게 왔냐 대놓고 묻는 사람이 없었는데, 이제는 본인이 답답해서라도 말할 참이었다고 했다.

함경도 청진 출신인 그는 1987년 김책제철 연합사업소의 선전대에서 작가로 일하다 고향 친구의 소개로 노동당원이었던 아내를 만났다. 북한은 마음대로 이사를 못 다니는 곳이라 바람을 피우거나 딴짓하면 끝장인데 부인과 좋아서 산 것은 삼사 년뿐이고, 맨날 싸우면서 결혼 생활 십 년 중 처가살이만 칠년 가까이 하느라 힘들었다고 했다.

"북한 여자들은 불쌍해. 생리대도 다 빨아 쓴다고."

그의 말에 의하면 '어버이 수령'이 급사한 1994년 뒤로 북한은 모든 게 뒤죽박죽이 되었고, 이어진 '고난의 행군'[1]을 겪으며 그도 굶어 죽을 지경에 처해 우발적으로 탈북하게 되었다고 했다.

"두만강 너머 중국 편에 옥수수밭이 보이더라고. 1996년 4

---

1 1995년 이후 5년간 이어진 대기근(필자 주).

월 7일에 강을 건넜는데 걸리지도 않았어. 사실 나는 북한에 불만도 없었고 행복했는데 본의 아니게 탈북한 거지. 다시 돌아갔다가 잡히면 오히려 큰일이라 어떻게 하나 망설이다가 육 년이나 중국에 있었어."

방송 출연이 꿈인 그는 얼마 전 TV에 나온 광고를 보았다며 〈남자의 자격〉이라는 프로그램에 시청자 합창단으로 참여하고자 원서를 낼 거라고도 했다.

"〈정글의 법칙〉에 나가면 잘할 수 있을 것 같은데… 중국에서 탈출할 때 정글을 지나왔거든."

나만 잘하면

서울역 다시서기센터를 찾아온 사람들의 사연을 들으면, 열이면 열 다 비슷한 듯하면서 또 조금씩 다 달랐는데, 탈북자로서 노숙을 하게 된 사연을 듣는 일은 흔치 않았다. 문득 가스레인지를 쳐다보던 은하별이 언성을 높였다.

"사실은 이런 혜택 자체가 다 무의미해요. 차라리 팔만 원을 돈으로 줬으면 운동화랑 담배 한 보루 사고 나머지가 있으면 소주를 샀을 텐데. 나한테는 이것이 자원 낭비예요. 아까 우스개로 '이런 거 쳐다보면 안정감을 느낀다'라는 건 코미디고. 시간이 지나면 이게 하나둘씩 없어질 거예요. 누굴 줘 버릴 거야."

"왜 인심을 쓰세요?"

올레가 묻자 은하별이 대꾸했다.

"그게 아니고, 자기 걸 아낄 줄 몰라서 그래. 한국 생활하면서 봤더니 직장에서 백팔십만 원씩 벌어도 못 모으더라고."

2002년 한국에 들어온 그는 건설 현장에서도 일했고 운전기사를 했던 적도 있었다. 하지만 그때마다 구청 보안계에서 찾아와서 소문이 나는 바람에 일을 그만두게 되었다. 문득 생각이 났는지 지갑에서 꺼내 보여 준 주민등록증은 충북 제천시 주소로 발급받은 것이었다.

"남조선 아가씨도 똑같은 주민등록증이 있잖아. 우리가 간첩이야? 살라는 거야 말라는 거야? 노가다는 천한 줄 알고 안 하려고 했는데 일반 회사 다니려고 하니까 육 개월 이상 붙어 있을 수가 없더라고."

기껏 취업한 청바지 회사에서는 탈북자인 것을 알고 차별을 하더니 불법 입국한 외국인 노동자와 똑같이 대우했다고 했다. 애매하게 강원도 출신인 양 속이려고 해도 쉽지 않았다.

"탈북자라는 걸 속이면서 이력서를 써야 할 일이 있었어요. 그런데 60년생 내 나이면 고등학교 졸업할 땐 나이가 어떻게 되고… 군 복무는 필히 해야 체제가 되니까, 군 복무는 몇 년을 했다 해야 하는데… 이게 날짜 계산이 안 되는 거야."

사람들로부터 이야기를 들은 그는 이력서를 대신 써 준다는 서울역 다시서기센터를 찾아왔다.

"그 전은 탈북하고 상관없이 동일한 국민성을 인정받는 줄 알았던 철딱서니 없었을 때고… 그래서 할 수 없이 다시서기센터를 찾아가게 된 거지. 그나마 개인 정보 보호해 주면서 서류 작성할 수 있는 곳이라 해 가지고."

그는 극단 활동을 하면서 박상병 팀장에게 본인이 탈북자임을 얘기했지만 아무렇지 않게 대해서 오히려 놀랐다고 했다. 이제야 말하지만, 북한에서 선전대 작가로 일할 때 연극 활동도 했다고 했다.

"〈이문동네 사람들〉 촬영한 비디오를 보는데 다들 너무 잘하더라고. 나만 빼고. 아마추어들이 그렇게 잘하는데 나는 대사나 표정이 이상했어! 나만 잘하면 되는데!"

서울역에서 늘 느끼는 건데

정기 공연 준비가 시작되고 대표 집필을 맡은 작은나무가 대본을 쓰는 동안, 매주 수요일 저녁 다시서기센터에서는 연기 연습이 진행되었다. 센터 이용자들이 식사하는 지하 식당 한쪽 구석에 붙어 있는 연습실은 예닐곱 평 정도 크기의 온돌방으로, 절반은 쓰지 않는 의자나 방석 같은 집기가 차지하고 있어

워밍업 중 하나인 '의자 빼앗기'

실제 연습을 할 수 있는 공간은 두세 평 정도였다.

연습 시간에 모인 단원들은 먼저 간단한 체조로 몸을 풀고 이어서 워밍업(Warming Up)을 했다. 신체 훈련과 동시에 서로 간의 친근감을 높이려고 하는 워밍업은 매번 다른 방법으로 진행되었다. '일렁이는 파도', '눈 맞추고 자리 바꾸기', '이등변 삼각형', '장님과 인도자', '의자 변형해 표현하기', '짝 찾기' 등 십여 가지 워밍업 중에 단원들이 좋아하는 것은 주로 몸을 쓰는 것들이었다. 워밍업을 하다가 게임도 하고, 게임에서 실수하는 사람은 나이나 성별에 상관없이 연습실 가운데 엎드리게 해서 인디언밥을 먹이곤 했는데, 언뜻 애들 장난 같아 보여도 이렇게 몸을 풀고 나면 무대에서 로봇처럼 딱딱하게 걷던 배우도 자연스럽게 걷고, 웃음으로 연습을 시작할 수 있어 다들 신나게 참여했다. 본격적인 연기 연습이 시작되면 다양한 상황을 설정해 모두가 돌아가며 한 번씩 즉흥 연기를 선보였다.

"오늘 목표는 나보다 먼저 의자에 앉아 있는 사람을 일어나게 해서, 내가 그 의자에 앉는 거예요. 어떤 장소의 어떤 캐릭터를 만들어서 연기할지는 각자 정하는데, 우리가 대사를 들으면 알 수 있도록 해 주셔야 돼요."

이날의 즉흥극은 2인 1조로 역할을 나누어 진행하는 '의자 빼앗기'. 연기 지도를 맡은 작은나무가 무대로 설정한 연습실 한쪽에 의자 하나를 가져다 놓으면서 방법을 설명했다.

"목표를 수행하기 위해서 일 분 동안 저 사람을 내 의견으로 설득해야 해요. 의자를 빼앗을 여러 방법이 있겠죠? 강압적으로 할 수도 있고 매달릴 수도 있고."

즉흥극이 시작되자, 먼저 의자에 앉아 있는 항아리를 자리에서 일으키기 위해 무대로 나선 은하별은 잠깐 생각하더니 종이 뭉치를 들고 항아리에게 다가갔다.

은하별　　항아리 환자님 들어오세요!

뜻밖의 일격에 당한 항아리가 별수 없이 의자에서 일어나자 다른 단원들이 웃으며 박수를 쳤다. 항아리에게서 뺏은 의자에 앉은 은하별은 의기양양한 얼굴로 다음 도전자를 기다렸다. 제비를 뽑아 다음 차례가 된 늘보는 고민하는 얼굴로 은하별에게 다가갔다.

늘보　　아저씨, 열차 시간 끝났습니다. 여기 서울역 대합실이니 나가 주세요. 새벽엔 문 닫아야 돼서요. 보니까 노숙자 아저씨 같은데… 대합실 청소를 해야 되니까요.

은하별　　서울역? …내가 서울역 대합실에서 늘 느끼는 건데… 우리가 여기 의자에 앉아 있으면 안 되는 거야?

늘보　　이… (말을 잇지 못한다. 어딘가를 향해) 여기 이 사람 쫓아내요! (호루라기 부는 시늉)

은하별　　(누울 듯이 앉아 뻗대며) 여 봐! 나도 여기 앉을 자격 있는 사람이요. 서울역이 특별한 곳이요?

　즉흥극이 시작될 때만 해도 늘보의 일방적인 우세가 될 거라 생각한 상황이 은하별의 연기로 판이 뒤집히자 맞은편에서 두 사람의 연기를 보고 있던 단원들이 박수를 치며 흥분하기 시작했다.

자신을 입고 혹은 벗고

은하별   그렇잖아? 서울역이 특별한 곳이야?

늘보   청소도 해야 하고 의자 정리도 해야 하고….

은하별   (어딘가를 가리키며) 저 손님은 열차 기다리던 손님
        같은데, 저 손님도 그럼 다 나가야 되는 거야? 노숙
        자라서 무조건 나가야 해? 난 안 나가!

늘보   새벽 두 시에는 무조건 나가라고… 서울시에서 그
        렇게 하고 있어요.

은하별   나도 서울시에 전입 신고한 서울 시민이요. 아니 선
        거철만 서울 시민인 거야?

늘보   (볼멘소리) 아저씨 못 내보내면 내가 밥줄이 끊어
        져요.

은하별   아이 진짜!

　난처해진 늘보가 얼굴까지 벌게지며 어쩔 줄 몰라 하자 봐
준다는 듯 은하별이 자리에서 일어섰다. 두 사람의 연기를 보
고 있던 단원들이 격려의 박수를 보냈다.
　즉흥 연기는 배우가 하고 싶은 대로 마음껏 할 수 있지만, 일
단 말이 되게끔 만들어야 하기 때문에 그 자체로 좋은 연기 훈

련이자 극작 교육이 될 수 있었다. 또 대사를 자유롭게 지어내다 보면, 평소 보지 못했던 서로의 생각을 엿볼 수 있기도 했다.

이번에는 대본에 쓸 상황을 가지고 즉흥 연기를 해 보라고 작은나무가 주문했다. 아마추어 극단을 배경으로 해서 연출의 지시에 배우가 따르지 않고 반항하는 상황이었다. 연출 역에는 촌놈, 배우 역에는 마당쇠가 캐스팅되었다.

"준비하시고 제가 하나 둘 셋 하면 관객들이 '액션' 외쳐 주세요. 하나 둘 셋!"

"액션!"

작은나무의 지시에 따라 앞에 나간 촌놈과 마당쇠가 의자에 앉아 자세를 잡는 동안 다른 단원들이 액션을 외쳤다.

촌놈 이번에 내가 캐스팅을 잘못한 건 인정하는데… 야! 일단 똑바로 앉아 봐!

마당쇠 (앉은 채로 입을 삐죽거리며) 아니 감독이면 감독답게 해야지….

촌놈 넌 시키면 시키는 대로 하면 돼. 너 갈 데 없어서 여기 왔잖아.

마당쇠 그럼 그냥 잘라요.

촌놈이 일방적으로 마당쇠를 혼내는 방향으로 흘러가자 작은나무가 스톱을 외치고 개입했다.

"잠깐만요. 지금 마당쇠 님은 배우가 하기 싫은 거예요? 왜 그냥 자르라고 해요?"

"아니 자꾸 뭐라고 하니까…."

"뭐라고 해도 잘못된 점에 대해서는 자기 생각대로 따져 야죠."

작은나무가 부추기는데도 마당쇠가 촌놈에게 대들지 못하고 머뭇대자 관객이 되어 보고 있던 은하별이 소리쳤다.

"잘라! 잘라!"

즉흥 연기가 끝난 후 작은나무가 촌놈에게도 물었다.

"촌놈 님은 왜 마당쇠한테 그만두라고 안 했어요?"

"뭐 불쌍하기도 하고 하니까…."

즉흥극을 끝낸 후 풀이 죽은 마당쇠가 소감을 묻는 항아리 에게 대답했다.

"아니 저거, 즉흥이라고 그랬죠? 난 저거 하면 어렸을 때 맞으면서도 받아치지 못한 게 생각난다니까요. 상대가 공격하면 당하기만 하고… 뭔가 노력을 하고 싶은데 어떻게 해야 할지 모르겠어."

그런 마당쇠를 지켜보던 작은나무가 설명했다.

"즉흥이 좋은 게 마당쇠 님처럼 연기를 하면서 자기를 발견하는 의미가 있기 때문이에요. 그렇게 찾아낸 자기 모습을 그대로 표현할 수도 있고, 또 일부러 전혀 다른 모습으로 표현할 수도 있어요."

"밖에서는 하지 못하는 내 주장을 당당하게 해 보는 기회로 삼아도 좋을 거 같아요."

항아리가 한마디를 보태자 마당쇠가 고개를 크게 끄덕였다.

이미지 오디션

다시서기센터 입구 앞에는 게시판이 있어 주로 노숙인 서비스에 대한 공지 사항이나 구인 공고가 붙곤 했는데, 7월 18일에는 보기 드문 안내문이 붙었다. 극단 연필통의 신입 단원 모집 안내였다.

지난번 공연에 참여한 배우 열두 명 중 세 명이 빠진 상태였고, 이대로는 가을 공연에 배우가 모자랄 수 있어 센터 이용자 중에서 신입 단원을 모집하기로 한 것이었다. 별다른 자격 조건 없이, 연극에 관심이 있는 사람이라면 누구나 환영이라고 써 붙이긴 했지만, 진짜로 연극에 관심이 있는 사람이 센터에 있기나 할지 알 수 없었다.

곧 대본이 나오면 바로 배우 오디션에 들어갈 거라, 연습 시간에 즉흥 연기 훈련을 겸한 이미지 오디션도 진행했다. 실제 오디션처럼 대본을 주고 연기를 시키는 것은 아니지만, 배우들에게 대본 속 설정을 알려 준 후 그 이미지에 맞는 즉흥 연기를 해 보도록 하는 오디션이었다.

강사들이 심사 위원을 맡은 가운데, 먼저 은하별이 극 중 아마추어 극단의 연출자 역 오디션에 나섰다. 피난민 역을 연기하고 싶어 시작했는데, 이제는 연출이 되어 극단 활동을 계속하고 있다는 설정이었다. 주어진 설정에 맞춰 즉흥 연기를 해 보인 은하별이 마지막으로 하고 싶은 말이 있냐는 물음에 대답했다.

"그동안 제가 탈북자라는 걸 여러분한테 이야기하지 않았는데, 사실은 북에서도 연극을 했습니다."

오디션의 형식을 빌리긴 했지만 처음으로 자신의 과거를 밝히는 은하별의 말에 모두가 숨을 죽이고 귀를 기울였다. 항아리가 질문을 던졌다.

"공개해 주셔서 감사합니다. 이 얘기를 꺼내신 동기가 있나요?"

"원래 제가 북한에서 가장 궁금했던 게 남한의 연극이었습니다. 우리 극단에서 활동하면서 그걸 배울 수 있어서 좋았고, 나를 고생시킨 남한 사회지만 순수한 예술을 가지고 이바지를 하자, 그렇게 생각하고 있다고 말하려고 했습니다."

은하별의 말이 끝나자 단원들이 박수로 화답했다. 어차피 언젠가는 공유해야 할 이야기였는데, 모두의 주목을 받는 오디션만큼 잘 어울리는 자리도 없지 싶었다. 마치 고해를 하는 것처럼 각자의 사연이 차례대로 소개되었다. 마당쇠는 어렸을 때 아역 탤런트로 활동한 적이 있다고 자랑스레 말했다.

"그때는 내가 좀 잘생긴 편이었거든요. 근데 아버지가 무서워서 계속하지 못했지. 사실은 국민학교 때 전학을 여섯 번을 다녀서 공부를 못했어요. 지금도 노력은 하는데… 나는 대사가 길면 어렵고, 차라리 없는 게 더 잘할 거 같아요."

어느새 침울한 표정이 된 마당쇠는 자랑할 만한 장기가 있냐는 질문에 곧바로 평소의 쾌활함을 되찾았다.

"그럼 내가 색소폰 연주로 〈원더풀 월드〉를 들려 드리겠습니다!"

맨 입으로 색소폰 소리를 그럴듯하게 내면서 불룩 튀어나온 배를 내밀고 루이 암스트롱 흉내를 내는 것이 마당쇠의 트레이드 마크였다. 미군 부대에서 경비 일을 한 적이 있었던 그는 영어라고 해 봤자 매일 쓰는 짧은 문장 몇 개만 알았지만, 특유의 재치와 친화력으로 즐겁게 일했다고 한다. 색소폰 공연이 끝나자 앵콜 곡으로 〈눈물 젖은 두만강〉까지 멋들어지게 부른 그는 마지막 한마디로 부탁이 있다고 했다.

"지난번에 공연을 해 보니까 마지막에는 마비가 올 정도로 떨리더라고요. 늘보도 못한다고 하더니 잘만 하고, 나만 못하고 말이지…"

마당쇠의 말에 탐진치가 칭찬인지 놀림인지 모르게 한마디를 던졌다.

"왜, 마당쇠 은근히 매력 있어. 아주 배흘림기둥 같은 사람이야."

마당쇠가 키득거리며 다시 한번 당부했다.

"내가 눈물점이 있어서 눈물이 많아요. 때리지만 말고 훈련시켜 주시면 정말 열심히 하겠습니다."

평소 목소리가 크지 않은 늘보는 극 중에서 늘 성실하지만 성공하지 못하는 배우 이정상 역에 도전해 즉흥 연기를 펼친 뒤 마지막 한마디를 남겼다.

"캐스팅이 되면 고맙기는 한데 불안하기도 할 것 같고, 도전해 보고 싶은데 또 명분만 있으면 빠져나가고 싶기도 하고 그래요. 지난번에 해 보니까 공연 날짜가 다가올수록 너무 불안하고… 제가 공황 장애 같은 게 있거든요. 어쨌든 스스로 책임지기로 하고 하는 거니까… 안 되는 건 말하겠습니다. 노력은 할게요."

찾아가는 서비스

D-100.

7월 23일은 공연까지 딱 백 일이 남은, 말 그대로 D-100이 되는 날이었다. 게시판의 안내문이 효과가 있었는지 입단 신청자가 들어왔다. 다시서기센터에서 지내면서 우연히 창단 공연을 보고 관심을 갖게 되었다는 잘생긴 30대 청년은 '이소룡'이라는 별명을 쓰겠다고 했다.

극단에서 쓰는 별명은 자기 마음대로 붙일 수 있었는데, 나이나 과거 이력에 상관없이 서로 평등하게 대우하자는 뜻으로 쓰는 것이기도 했지만, 본명을 밝히길 꺼리는 노숙인 사회에도 잘 맞아 모두가 별명을 쓰고 있었다. 왜 그런 별명을 고른 건지 몰라도 너무 잘 어울려서 금방 외우게 되는 별명들도 있었다. 마당쇠는 별명이 딱 어울려서, 처음 보는 사람도 한 번 듣고 외우는 일이 많았다. 촌놈의 원래 별명은 '영등포 촌놈'으로, 어릴 적 충청도에서 올라와 영등포의 옷 공장에서 일하던 시절에 붙은 별명이었는데, 어느 날부터인가 영등포는 빠지고 '촌놈'으로 불리게 되었다.

모두가 돌아가며 새로 온 단원에게 자기소개를 하는 시간이 되자, 오랜만에 연습에 온 류도 자기의 별명을 알려 주었다.

"제 이름은 '류'고요."

"아 '류' 씨라서 그런가요?"

이소룡의 질문에 류가 답했다.

"아뇨. 스트리트 파이터에 나오는 '류'예요."

상담자로 자원 활동을 하고 있는 지연화가 마침 곁에 있다가 따뜻한 미소를 보냈다.

"그 캐릭터랑 닮았나 보죠?"

단원들 사이에 폭소가 터졌다. 근육질인 스트리트 파이터의 류와 달리 키가 작고 코맹맹이 소리를 내는 류는 극단에서 애교를 부릴 줄 아는 유일한 단원이었다.

새로 온 사람도 있었지만 빠진 사람도 있어 인원은 오히려 줄어든 상태였다. 들국화는 벌써 이 주째 연락도 안 되고 있었다. 박 팀장은 그동안 들국화와 상담해 온 지연화와 대책을 상의했고, 극단 활동을 그만두길 원하는 건지, 혹 신변에 무슨 일이 있는 것은 아닌지 확인할 겸 집으로 찾아가기로 했다.

자원 활동을 하고 있는 지연화는 오랫동안 장애인 운동을 하면서 다양한 위기 상황에 처한 사람들을 돌본 경험이 있었다. 특히 다시서기센터에서 상담원으로 활동할 때는 노숙으로 심신이 망가진 사람들에게 허물없이 다가가 굳게 닫힌 마음을 열기도 해서, 박 팀장은 아내이기 이전에 상담자로서 지연화를 신뢰하고 있었다. 이전에 진행했던 사업에서 목표가 완수되고 일정이 끝나면 모두 뿔뿔이 흩어져 연락이 두절되는 모습이 안타까웠던 박 팀장은 이번 연필통 활동에서만큼은 참여자들의 마음부터 챙기고 싶었다. 사업을 맡은 팀장이나 연극 교육을 맡은 강사들과 모두 소통할 수 있고, 공식 일정이 없을 때도 단원들의 일상이나 심리를 챙겨 줄 수 있는 사람이라면… 보수도 없는 일에 부르는 게 미안하기는 했지만, 지연화 외에 다른 대안을 떠올릴 수 없었다.

운명적인 인연이었을까? 자원 활동 상담자로 극단 활동에 참여하기로 한 지연화는 극단의 유일한 여성 배우가 되어 연기에도 참여하게 되었고, 이후 십 년간 극단 활동의 구심점 역할을 하게 된다.

첨단 미디어 아트가 상영되는 서울역 교차로의 건너편 동자동과 갈월동에는 일반인의 상상을 넘어서는 열악한 환경의 집들이 쪽방이라는 이름으로 존재했다. 한여름 열기로 푹푹 찌는 7월 31일, 연습 시간을 앞두고 찾아간 들국화의 임시주거방은 동자동 낡은 주택의 지하에 있었다. 지하로 들어가는 별도의 현관문을 열고도 다시 좁은 계단을 한참 내려간 뒤에야 햇볕 한 줌 들지 않는 눅눅한 방이 보였고, 속옷 바람의 들국화가 뜻밖의 방문에 놀라 눈을 크게 뜨고 박 팀장을 맞았다. 불도 켜지 않고 TV를 보고 있던 것인지 어두운 방 한구석에서 방송이 흘러나오고 있었고, 싱크대 옆에는 먹고 난 라면 봉지가 쌓여 있었다. 들국화가 황급히 치운 방바닥에 앉은 박 팀장이 곧바로 질문을 던졌다.

"왜 안 나오는 건데. 어디 아파?"

"…."

반가워했던 표정과는 달리 들국화가 입을 떼지 않자 박 팀장이 말을 이었다.

"다들 기다려. 그리고 핸드폰은 왜 안 보는데? 내 전화 왜 안 받는데?"

"요즘 몸이 안 좋아요."

"어디가 안 좋은데? 여기 처박혀 있는다고 뭐가 되냐?"

가장 먼저 다시서기센터와 인연을 맺은 단원 중 한 명인 들국화는 마흔셋의 나이로 노숙인 자전거 재활용 사업단인 '두 바퀴 희망자전거'에 취업했는데 과거에 컴퓨터 수리 기사로 일했을 만큼 재주가 좋아 일하는 데는 어려움이 없었다. 다만 사람을 좋아하고 쉽게 믿는 것이 흠이라 몇 번이나 사기를 당했는데, 알고 보니 이번에도 함께 살던 친구가 물건을 훔쳐 달아

나는 바람에 실의에 빠져 방에서 나오지 않고 있었다. 외롭지만, 쉽게 누구에게 마음을 줄 수도 없는 각박한 삶이었다.

"가자! 어쨌든 가서 연극하고, 끝난 다음에 또 얘기하자."

혼자 있는 것이 도움이 되지 않으리라 생각한 박 팀장이 들국화를 일으켰다. 주섬주섬 웃옷을 걸쳐 입은 들국화는 미적거리며 박 팀장을 따라나섰다. 서늘한 지하와는 달리 지상은 뜨거운 열기로 인해 아스팔트에서 아지랑이가 피어오르고 있었다.

우리 연극에는 우리 이야기를

연습실에 걸린 달력 속 7월도 어느새 마지막 날이었다. 반기는 단원들을 본 들국화는 활짝 웃으며 다가가 팔을 쥐어짰다. 아귀힘이 좋은 들국화는 반가움의 표시로 악수하는 척하며 팔을 잡고 쥐어짜는 것을 좋아했다.

"아얏!"

마당쇠가 오늘따라 호들갑스럽게 비명을 지르며 들국화의 등을 찰싹 때렸다. 그러거나 말거나 들국화는 또 다른 목표물을 찾아 팔을 잡고 쥐어짰다. 장난을 칠 때의 들국화는 수염이 듬성듬성 난 입가에 어느새 함박웃음을 짓고 있었다.

드디어 이날 처음으로 짧은 대본이 나왔다. 즉흥 연기 연습이 끝나고 대본을 받아 든 단원들은 잔뜩 긴장한 채 앉은 자리에서 다 읽어 보고는 한숨을 내쉬었다.

"연출자 역을 누가 하려나⋯. 탐진치가 하나?"

은하별이 짐짓 탐진치 눈치를 보았다. 평소 젠체하는 편인 탐진치도 내심 그렇게 생각했는지 여러 사람 앞에서 소리 내어 연출 역의 대사를 읊어 보는 게 보였다. 휴식 시간이 되자 평소보다 굳은 얼굴의 촌놈이 담배를 찾으며 연습실 밖으로 나갔다.

"내가 그대로 대본에 들어 있네⋯."

촌놈이 깊게 담배를 빠는 모습을 보며 캠코더를 들고 촬영을 시작한 올레가 물었다.

"그래요? 어떤 점에서요?"

"보니까 내가 지난 공연 후에 뱉은 말이 오늘 받은 대본에 다 있어. 우리 모습이 대본으로 나온 걸 보니까 좀 쩔려."

원작에 나오는 아마추어 극단의 배우들을 연필통의 단원들로 바꿀 거라고 듣긴 했지만 막상 대본으로 나온 것을 보고 충격을 받은 모양이었다. 이날 연습이 끝난 후 뒤풀이로 간 술자리에서도 촌놈은 심각한 얼굴로 대본을 읽은 소감을 말했다.

"대본에 우리가 한 대화가 그대로 들어가 있더라고. 나는 좀 놀랐어."

"연극은 연극인데 너무 신경 쓰지 마셔, 형님."

마당쇠가 능치듯이 촌놈에게 술을 권했다. 작은나무가 기다린 듯 얘기를 꺼냈다.

"저도 실제 인물을 반영해서 대본을 쓰는 게 조심스럽기는 했어요. 그래도 이렇게 하는 게 연기하기도 편하실 거예요."

"읽어 보니까 연기력이 부족한 사람들을 위해서 대사를 많이 바꿨더라고요. 원작에서는 배우들이 햄릿을 연기하는 걸로 되어 있는데 그것도 바꿨고요."

"원작 내용이 우리가 창단 공연 준비할 때 있었던 일이랑 비슷한 것 같다고 지난번에 늘보 님이 말씀해 주셔서 대본도 그렇게 바꿨어요. 극단 연필통이 〈이문동네 사람들〉을 올리는 과정에서 벌어지는 일들로요. 우리가 하는 연극이니까 우리 얘기를 넣는 게 좋을 것 같더라고요."

늘보의 말에 작은나무가 확인을 해 주었다.

"여러분이 그동안 보여 준 모습을 가지고 쓴 대본이니 공동 창작이나 다름없으니까 열심히 연기해 주셔야 해요. 특히 대사만 외우고 지문을 연기하지 않는 분들이 많은데 그러면 안 됩니다."

작은나무가 당부하자 은하별이 자못 전문가적인 말투로 추임새를 넣었다.

"대본대로 연기해야지 제멋대로 하면 안 돼! 대본을 철저하게 연구해야 된다고!"

"음 내가 봤을 때 나를 놓고 썼다 싶은 배역이 있던데, 이걸 연극으로 올린다면 아무래도 좀 더 열심히 해야겠지."

쑥스러운 듯 촌놈이 말했다. 아직 쪽대본에 불과했지만 각자의 이야기가 들어갔다고 하니 술을 먹다 말고 몇 번이나 다시 펼쳐 보기도 했다. 진짜 공연을 하는구나 싶은 긴장감에 흥분한 배우들은 각자 하고 싶은 배역에 대해 이야기하다가 늦은 시간이 되어서야 자리를 파했다.

2-2. '노숙인 극단'이라고 안 하면 안 될까요?

8월, 은하별, 늘보, 또치가 임시주거 지원을 받은 지 두 달째가 되었다. 그사이 정부 지원으로 나온 컴퓨터를 받게 된 촌놈이 또치에게 이것을 양보했는데, 잘 쓰고 있는지 확인할 겸 집 구경을 하러 갔다. 또치가 구한 쪽방은 청파동 언덕배기에 있었는데, 오래된 주택을 개조해 가운데 통로를 중심으로 서로 마주 보게끔 여러 개의 단칸방을 만든 형태였다.

방에 들어가니 한쪽에는 책상 겸 모니터 받침대가 있었고 다른 쪽에 한 사람이 먹고 잘 수 있는 크기의 공간이 있었다. 촌놈이 땀을 씻을 겸 세면대를 찾았으나 방에는 수전이 없었다.

"여기는 화장실은 없냐?"

촌놈이 묻자 또치가 방 한쪽 구석의 미닫이문을 열었다. 열린 문밖으로 보이는 것은 화장실이나 주방이 아니었다. 청파동 언덕에서 흔히 볼 수 있는 노천의 콘크리트 옹벽이었는데, 그 옹벽 앞에 작은 수돗가가 있어 쪽방 주민이 나가서 씻거나 물을 떠올 수 있었다.

촌놈은 나가서 씻기를 포기하고 선풍기를 켜서 바람을 쐬었다. 있으나 마나 한 벽 너머에서 이웃 사람이 말을 걸었다.

"아우 씨발, 더워 죽겠네. 손님 자고 갈 거요? 시끄럽게 할 거냐고."

"아닙니다, 잠깐 있다가 갈 거예요."

벽에 대고 대답을 한 촌놈이 혀를 차더니 또치에게 말했다.

또치의 집에서 함께 창단 공연 영상을 보는 또치와 촌놈.

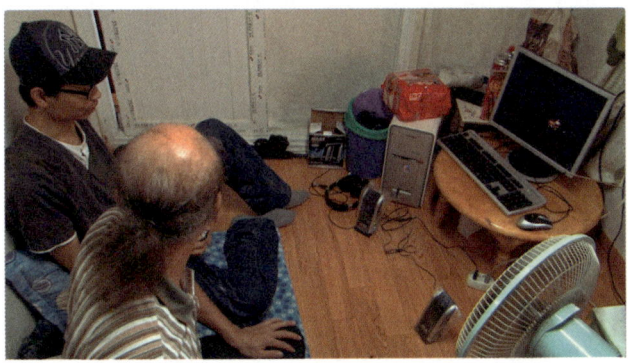

"그래도 창문이 있어 좀 낫구나."

"그래서 일부러 이리로 옮겼잖아요. 샤워하는 곳도 있으니까."

"이게 월세가 얼마라고?"

"이십삼만 원이요."

잠시 말이 없던 촌놈이 화제를 돌렸다.

"지금 우리 동영상 가지고 있냐?"

"네, 보여 드리려고 준비해 놨어요."

또치가 마우스를 클릭해 공연 영상을 재생시키는 모습을 촌놈이 흐뭇하게 쳐다보았다. 피시방에서 일한 경험이 있는 또치는 다시서기센터의 마을문고에서 자활 근로를 하면서 극단에서 운영하는 카페[2] 운영을 맡아 영상이며 사진 같은 자료를 관리하고 있었다.

올해 스물다섯인 또치는 극단에서 가장 어린 단원이었다. 그런데 의외로 서울역이나 다시서기센터에는 또치 또래의 청년들이 많았다. 이른바 IMF 세대라 불리는 젊은 노숙인 중에는 80년대 말에 태어나 어린 시절 가정의 해체를 겪고 보육 시설이나 친척 집에서 자라다가 학업도 채 마치지 못하고 일찌감치 노숙의 길로 접어든 사례가 많았다. 또치 역시 세 살 때 집을 나

---

2 https://cafe.daum.net/feeling-family

간 어머니와는 연락이 끊긴 상태였고, 오랫동안 간병한 아버지마저 사망하자 고시원과 만화방을 전전하며 떠돌다 다시서기 센터로 찾아온 사례였다.

따로 올레를 만났을 때 또치는 장애가 있다는 사실을 고백했다.

"원래 잘 안 보여서 깜깜한 데서 하는 워밍업이 별로 어렵지 않아요. 왜 불 끄고 눈 감고 하는 거 있잖아요."

그가 말하는 워밍업 프로그램인 '장님과 인도자'는 두 사람씩 짝을 지은 후 한 사람이 눈을 감은 채 다른 사람의 손가락이 인도하는 바에 따라 움직이는 집중력 훈련이었다. 얘기가 나온 김에 올레가 물었다.

"안 보인다는 걸 언제 알았어요?"

"열여섯⋯ 다섯인가? 신체검사하면서 안 보이는구나, 내가⋯ 한쪽 눈이 아무것도 안 보이거든요."

"어느 쪽이요?"

"오른쪽이요. 이렇게 가리면 빛은 들어와요."

또치가 왼손으로 왼쪽 눈을 가려보였다. 돌이켜 보니 또치가 무언가를 응시할 때 한쪽 눈을 찡그리는 버릇이 있었는데 그 때문이구나 싶었다.

"일하는 데는 문제가 없어요?"

"눈은 문제가 아닌데 허리가 안 좋아요. 원래는 인력도 다니고 했는데… 허리가 아파서 아무 일도 못 하고 누워만 있다가 열 달 전쯤에 서울역에 오게 됐어요."

미래 계획

고등학교도 마치지 못하고 아버지를 따라 인력을 다니기 시작한 또치는 허리가 아프기 시작하면서 공사 현장에서도 청소 일만 하는 처지가 되었다. 키가 큰 편인데도 홀쭉한 데다 늘 구부정한 자세로 다니는 또치만 보면 형님들은 먹이지 못해 안달이었다. 이날도 촌놈은 또치를 데리고 나가 고깃집을 찾았다.

"너 지난번에 회의하다 방송 출연 얘기 나올 적에 눈물을 뚝뚝 흘려서 깜짝 놀랐어. 방송 출연하고 공연이 뭐가 다르냐. 오히려 극장에서 하는 것처럼 관객하고 얼굴을 마주 보는 게 아니니까 더 낫지 않아?"

"저는 싫더라고요. 배우를 직업으로 하려는 게 아니고 그냥 동호인으로 하는 건데 방송에 나가고 그러는 게."

애틋한 눈으로 또치를 보던 촌놈이 고기를 집어서 앞에 놔주며 구슬리기 시작했다.

"그러지 말고 우리 동네로 이사 오지 그러냐. 동네 축구단이 있는데, 거기 들어가면 매주 운동도 하고, 회식할 때마다 삼겹살도 먹을 수 있거든? 그, 임대 주택 신청만 미리 하면 돼."

주거 취약 계층을 위한 LH 매입 임대 주택을 신청해 들어간 촌놈은 강서구에 위치한 다가구 주택의 반지하에 살고 있었다. 부엌과 화장실이 있는 방 두 개짜리 집으로, 2012년 당시 월세가 이십구만 원이었다. 하지만 또치는 촌놈의 제안을 딱 잘라 거절했다.

"임대 주택 들어가면 좋긴 할 텐데 지킬 자신이 없어요."

임시주거를 지원받은 세 사람 중 마지막 한 명인 늘보는 임대 주택에 관심이 있었다. 마침 같은 날, 연습 전에 마당쇠를 만난 늘보가 임대 주택에 대해 물었다.

"어렵지 않아. 이 년 넘게 적금 부었는데 이사한 건 이십 일 됐지. 임대 주택 들어가니까 편해. 내가 잠을 자든 뭘 하든, 나와서 돌아다니든. 임대 주택 들어가니까 걱정이 없어요."

경험자인 마당쇠가 적극 권유하자 늘보도 표정이 밝아졌다.

"임시주거 지원 덕분에 방세를 지원받으니까 여유가 생겨서… 자활비에서 방세만큼 떼서 같이 적금을 들기로 했거든요. 나중에 임대 주택에 들어가려고…"

마당쇠가 잘했다고 칭찬했다. 늘보가 상황을 설명했다.

"자활 근로를 하면 사십만 원이 나오는데 남은 시간에는 용역 일을 할 거라… 나중에 흐지부지될지언정 서로 조금이라도 가까워지기 위한 차원에서라도, 내가 지금 조금 싫어도 동참하기로 했어요."

마당쇠의 권유로 극단에 들어온 늘보는 피부가 하얀 데다 늘 깔끔하게 옷을 입고 있어 아무리 봐도 거리 생활을 하거나 노숙인 센터에서 지낼 만한 사람으로 보이지 않았다. 예전에 퀵서비스 일을 했다는 늘보는 임시주거를 얻은 후 한 달에 보름은 은하별과 함께 식당에서 자활 근로를 했지만, 서로 사이가 좋지 않았다. 연필통이 노숙인 극단임을 강조해서 세상의 주목을 받아야 한다는 은하별과는 달리 노숙인 출신임을 내세우기 싫어하는 늘보는 연극을 하는 목적도 달랐다.

"저는 돈을 벌기 위해서 연극을 그만두고 싶진 않아요. 그건 다른 사람들을 위한 일이고… 연극은 저 자신을 위한 거니까요."

혼자 해결할 문제

일주일 후, 자활 근로 종료를 앞둔 또치가 다시서기센터 내에 위치한 고용 센터를 찾아가 취업 지원을 신청했다. 임시주거가 지원되는 기간은 길어야 석 달이므로 그사이에 적당한 일자리를 찾아야 했다.

마침 고용 센터 게시판에 구인 공고 몇 개가 붙어 있었고, 그 중에는 마음에 드는 일자리도 있었다. '텐트 폴 조립, 급여 130만 원, 연령 20~40세'. 학력이나 경력이 필요 없고 인력 소개소에서 구하는 잡부 일보다 덜 고된 일자리였다. 담당 사회 복지사 앞에 선 또치는 컴퓨터로 이력서부터 작성했다. 주소지는 임시주거 중인 곳으로 썼고 나이를 적는 칸도 채웠는데, 막상 이력을 적어야 하는 상황이 되자 쓸 것이 없는지 난감해했다.

"학교는 어디 졸업했어요?"

"고등학교를 중퇴했는데요."

"그냥 졸업이라고 써요. 중퇴나 졸업이나… 뭘 떼어 오라 하지는 않으니까."

"그래도 나중에 얘기하다 보면…."

"그냥 고등학교 나왔다고 하세요. 인문계 나왔는데 공부는 안 했다고 하면 되지."

또치가 대답을 하지 않고 미적대는 것을 보자 답답해진 사회 복지사가 마음대로 졸업이라고 입력하고 서류를 출력했다. 출력된 이력서를 보는 또치의 표정은 말할 수 없이 어두웠다.

이날은 연습을 짧게 끝내는 대신, 조연출이자 작가인 작은 나무의 공연을 보러 대학로에 가기로 한 날이었다. 다음 주로 예정된 캐스팅 오디션을 앞두고 의욕이 넘쳐서인지 다들 불꽃

뛰는 즉흥 연기를 보여 주는데 또치는 멀찍이서 별말 없이 서 있기만 할 뿐이었다. 돌아가면서 마지막 한마디를 남겨야 하는 순서가 되자 또치가 무겁게 입을 뗐다.

"자활 근로가 곧 끝나기 때문에 일자리를 알아보는 중인데… 자격증을 따 놨어야 하는 거 같아요. 오늘 보니까 연기가 저한테 안 맞는 것 같기도 하고… 방송 같은 데 노숙인 극단이라고 나가는 것도 신경 쓰이고… 혼자 해결할 문제인 거 같아요."

우리도 예술인

휴일의 대학로 마로니에 공원은 노숙인에게는 돈 안 드는 놀이동산 같은 곳이었다. 여기저기서 이벤트를 구경하는 사람들의 즐거운 함성과 박수 소리가 들리는가 하면, 마이크 하나 달랑 놓고 노래를 부르는 버스커들도 있어서, 플라타너스 그늘에 앉아 음악을 안주로 캔 맥주를 먹다 보면 그런대로 살맛 나는 느낌이 들기 때문이었다.

2012년 여름, 마침 대학로에서는 '마로니에 여름축제'라는 행사가 열리고 있었다. 여러 극단이 축제에 참여해 저렴하게 공연 티켓을 판매하고, 일부는 야외에서도 공연과 콘서트를 해서 골목과 공원에 사람들이 가득했다. 축제 사흘 차인 8월 6일

작은나무가 참여하는 공연 티켓을 얻어 놓은 연필통 단원들은 어깨에 잔뜩 힘이 들어간 상태로 혜화역에 도착했다. 축제 포스터 앞에서 기념 촬영을 하기도 하면서 모처럼의 관극 체험에 모두들 신난 표정이었다.

아르코 극장 앞에 도착한 단원들이 벤치에 앉아 공연 시간을 기다리는 동안 조금 떨어져 담배를 피우던 촌놈이 뭔가를 보더니 문득 고개를 돌리며 어쩔 줄 몰라 했다. 촌놈의 시선이 닿았던 곳에는 앞섶을 풀어 헤친 지저분한 차림의 남자가 벤치를 돌면서 사람들이 남기고 간 막걸리 통과 맥주 캔을 흔들어 남은 것을 들이켜고 있었다. 혹시 아는 사람일까 싶어 올레도 지켜보고 있는데 촌놈이 주섬주섬 품을 뒤지더니 지갑에서 뭔가를 꺼냈다.

"안 그래도 내가 명함을 만들라고 했었거든."

촌놈이 보여 주는 명함 크기의 코팅된 카드에는 커다란 글씨로 '단원증'이라고 쓰여 있었다. 그 아래에는 창단 공연 때 찍은 프로필 사진과 이름, 그리고 극단 이름을 새긴 도장이 찍혀 있었다. 오늘 연습이 끝난 후 대학로로 출발하기 전에 나눠 주었을 때 다들 기뻐했지만 촌놈에게는 더욱 각별한 듯했다. 하지만 올레에게 단원증을 보여 주는 촌놈의 표정은 밝지만은 않았다.

"전화번호 넣고 해서. 명함을 만들려고 했는데…."

공연장에 입장한 단원들은 티켓 부스 앞에서 오랜만에 반가운 얼굴도 볼 수 있었다. 연필통이 창단되기 일 년 전, 처음으로 연극 교육이 시작되었을 때 강사진으로 참여했던 연극인 전석호였다. 까무잡잡한 얼굴에 까까머리를 한 전석호는 당시 〈인디아 블로그〉라는 작품으로 막 알려지기 시작한 연극배우였는데 훗날 TV 드라마 〈미생〉에서 '하대리'로 출연해 대중적 인기를 얻게 된다.

"극장에 오니까 기, 기분이 벌써 좋아지는 것 같아요."

극장 의자에 앉아 잔뜩 들뜬 시나브로는 말까지 더듬었다.

"우리도 같은 예술인이라고 보면 되죠."

평소 시나브로와 티격태격하던 늘보도 오늘만은 만담 콤비처럼 추임새를 넣었다.

"연필통도 언젠가는 연극제에 참여할 수 있을까요?"

올레가 카메라를 들고 늘보에게 물었다. 늘보가 멋쩍게 웃더니 평소의 진지한 톤으로 돌아와 말했다.

"험난하죠. 축제에 나간다는 자체가… 참여하려면 몇 년 더 해야 하고…."

말은 그렇게 했지만 목소리에는 아직도 흥분이 남아 있었다.

이날의 공연은 국악과 연극을 융합한 판소리 극이라 보기에 생소했지만, 단원들은 개의치 않았다. 공연을 마친 작은나무가 분장을 지우고 나와 일행에 합류하자 모두가 떠들썩하게 축하를 하고 공원에 둘러앉아 캔 맥주로 건배했다. '오늘만큼은 우리도 연극인'이라는 기분 좋은 흥분으로 깊은 밤까지 집에 가려 하지 않았다.

D-77. 배역을 결정하는 캐스팅 오디션이 열린 8월 15일, 서울에는 호우 주의보가 내려졌다. 다시서기센터에 먼저 도착해 삼삼오오 모여 있던 단원들의 표정에는 긴장감이 엿보였다. 빗길에 늦게 도착해 바쁘게 촬영 장비를 세팅하는 올레에게 지연화가 소식을 전해 주었다.

"촌놈 선생님이 못 오실 수도 있대요."

"오늘요?"

"작년에 촌놈 선생님 집에 물이 샜거든요. 지금 또 샐까 말까 하니까 못 나오시는 거예요. 밤새도록 비가 와서. 이따가 집 상황 봐서 다시 연락 주시겠다고 했는데, 하필 오늘 같은 날 못 오시면 섭섭하잖아요. 오디션 보는 날."

이날 단원 두 사람이 활동을 중단한다고 알려 왔다. 그중 한 명은 얼마 전부터 연습에 빠지기 시작했던 이소룡이었고, 다른 한 사람은 부산으로 돌아가기로 했다는 류였다.

"오늘은 그냥 인사하러 왔어요. 지난번 공연은 했는데, 이번 공연은 같이 못 해요."

다른 사람들과는 달리 부산에 있는 아내와 아이들과 계속 연락하고 지내는 류는 원래 옷 가게를 운영했다고 한다. 어찌된 사연인지 집을 떠나 이곳저곳을 떠돌다 다시서기센터에 머무르며 창단 공연에도 참여했는데, 이번에 다시 집으로 가게 되었다고 했다.

"5월에 연극 한 번 올리고 돌아가려다가… 9월까지 간다고 약속했거든요. 약속을 지켜야죠. 저도 내려가서 떡두꺼비 같은 아들하고 이쁜 공주들 만나야 할 거 아니에요."

오디션

약속한 시간이 되자 단원들은 진지한 표정으로 오디션을 위해 세팅한 연습실로 향했다. 환하게 조명을 비춰 무대로 설정한 공간을 마주한 위치에 긴 책상이 놓여 있었고, 거기에 심사를 맡은 연출 항아리와 작가 작은나무, 그리고 극단 프락시스의 대표인 김지연이 나란히 앉아 있었다. 옆에는 이미 유일한 여성 배역에 낙점된 지연화와 박상병 팀장도 눈을 반짝이며 앉아 있었다.

"한 명씩 나오셔서 원하는 배역의 독백 대사를 하신 다음에 저희가 드리는 즉흥 상황에 맞춰 연기하는 순서로 진행하겠습니다. 이번 오디션에서는 열정을 기준으로 캐스팅할 겁니다. 오래, 많이 연습할 수 있는 사람이 중요합니다."

항아리의 안내 멘트가 끝나고, 한 명씩 원하는 배역의 연기를 시작했다.

늘보   쉬울 거 같지? 쉬운 거 좋아하네. 얼마나 갈지 아무도 모르는데. 무작정 붙들고 있는 게 쉬울 것 같아?

성실하지만 눈에 띄지 않아 늘 조연에 머무는 '이정상' 역에 도전한 늘보가 연기를 마치자 박수가 쏟아졌다. 뒤이어 다른 배우들도 하고 싶은 배역의 독백과 즉흥 연기를 이어 갔다.

들국화   난 무조건 규칙을 지키고 끝까지 나를 지켜 나갈 거야.

극 중 아마추어 극단의 연출가인 '전훈수' 역할을 놓고는 은하별과 탐진치 사이에 경쟁이 있었지만, 두 사람의 즉흥 연기가 끝나자 모두가 결과를 짐작했다. '전훈수'로서는 다소 약한 연기를 보여 준 탐진치가 밥맛없는 극단 선배 '유명세' 역할을 말아 소심한 후배 '마영호' 역의 마당쇠를 갈구는 연기를 보였는데, 너무 실감 나게 연기한 나머지 마당쇠가 탐진치에 와락 달려들었기 때문이다.

모든 배우가 연기를 마치고 나자 단원들의 눈길이 남은 한 사람에게로 향했다. 이내 또치가 무대 앞으로 나가 의자에 앉았다. 하지만 연기를 하려고 나선 것은 아니었다.

"저는… 오늘 마지막으로 참석하려고 왔습니다."

밝은 조명을 받고 있는 또치를 쳐다보는 단원들의 표정은 어둠 속에서 더욱 어두워졌다.

"다른 분들보다 열정도 떨어진 상태고, 삶 자체가 희망도 없고… 여기까지 하겠습니다."

"…용기 내어 주셔서 감사합니다."

항아리의 말에 또치의 눈에서 눈물이 주르륵 흘렀다. 자리에서 일어서는 또치를 향해 단원들이 박수를 보냈다. 저 이야기를 꺼내기까지 얼마나 고민했을지 알기에 아무도 또치를 탓하는 사람이 없었다.

뒤늦게 도착한 촌놈까지 연기를 선보인 뒤 연출 팀이 회의를 하는 동안, 단원들은 주차장 앞 공터에서 결과를 기다렸다. 뒤늦게 나온 또치를 본 박 팀장이 다가가 등을 두들기자 들국화와 형님들도 미소를 보냈다.

"그럼 캐스팅 결과를 발표하겠습니다. 유명세에 탐진치 님, 이정상에 늘보 님…."

잠시 후 연습실에서 항아리가 결과를 발표하는 순간, 단원들의 긴장한 얼굴에 안도가 퍼졌다. 모두가 짐작했던 방향으로 캐스팅이 결정된 듯했다.

"저희 이제 남은 대본 잘 써 올 테니까, 재미있는 작품 또 만들어 보죠."

항아리의 마무리 멘트를 끝으로 이렇게 또 하나의 중요한 이벤트가 갈무리되었다.

3장
기획 의도

연극의 줄거리

　〈1장-3장〉 이곳은 극단 연필통의 연극 〈이문동네 사람들〉이 공연되고 있는 한 소극장의 분장실. 배우들이 잠시 후 시작될 공연을 준비하고 있다. 만년 조연이지만 누구보다 성실한 이정상, 극단의 최고령 배우 최주담, 공주병 지연희와 무대 울렁증이 있는 마영호, 온갖 뒤치다꺼리 다 하는 막내 신인배, 늘 고민이 많은 연출 전훈수와 무대 감독 김동필, 그리고 오늘도 지각한 자유로운 영혼의 소유자 오준수까지!

　〈4장〉 어제 공연에서 오준수가 애드리브를 하는 바람에 상대역인 이정상이 당황했다고 하자 오준수는 매번 대본대로 하는

게 답답하다며 오히려 이정상을 비웃는다.

〈5장〉 때마침 극단 선배이자 살아 있는 전설로 불리는 배우 유명세가 후배들을 격려하기 위해 분장실로 찾아온다. 연기를 가르쳐 준답시고 시범을 보이고는, 긴장해서 어색하게 연기한 마영호와 단원들에게 그딴 식으로 할 거면 때려치우란 말을 남기고 떠난다.

〈6장〉 설상가상으로 공주병 여배우 지연희에게 신물이 난 후배 신인배가 무대에서 오버 연기 좀 하지 말라고 화를 내고 분장실을 뛰쳐나가는 일까지 벌어진다.

〈7장〉 극단을 홍보해 주는 다큐 감독 노희주와 술을 마시며 앞으로도 극단을 계속할 수 있을까 걱정하는 연출 전훈수.

〈8장-9장〉 같은 시각 일터에서, 노래방에서, 또는 집에서 연극으로 행복했던 과거를 떠올리는 단원들.

취한 채 분장실을 찾아간 전훈수는 최주담을 만나 처음 극단을 만들던 때를 생각하며 눈물을 흘린다. 연기에 대한 자신감도 없고 단원들끼리 싸우기만 하는 극단 연필통이 과연 내일 막공(마지막 공연) 이후에도 계속 유지될 수 있을까?

〈10장〉 우리들의 매직타임, 드디어 마지막 공연의 막이 오른다.

3-1. 우리가 만드는 연극은

8월 24일, 단원들은 오디션으로 긴장된 분위기도 풀고 서로 간의 단합도 다질 겸 1박 2일의 짧은 엠티를 떠났다. 장소는 양평의 민박집으로, 넓은 마당에서 재미있는 게임도 하고 평소 마당쇠의 소원이었던 계곡에서의 물놀이도 마음껏 즐길 수 있었다. 은하별이 장기자랑 대신 수령 교시를 암송해서 분위기를 뜨악하게 하기도 했지만, 신이 난 탐진치가 나서서 춤을 추고 손님으로 불려 온 또치가 미소를 숨기지 못할 만큼 분위기가 흥겨웠다. 그렇지만 가장 중요한 이벤트는 첫날 저녁 식사 자리에서 열린 극단 연필통 회장 선거였다. 떠들썩했던 술자리가 갑자기 계획에 없던 회의로 이어지더니 극단에 회장이 있어야 한다는 데 모두의 의견이 모아졌다.

"박상병 팀장님이 회장을 하셔야지!"

탐진치가 나서서 분위기를 띄웠으나 박 팀장은 극구 사양했다.

"회장을 제가 하면 안 될 것 같고요, 배우 중에서 한 분이 하시는 게 좋을 것 같아요."

결국 회장은 극단의 최고령자이자 사회 경험이 풍부한 촌놈이 맡기로 했다. 박수와 함께 입을 뗀 촌놈이 모두에게 제안했다.

"나는 우리가 회비를 모았으면 좋겠어. 큰돈 내자는 게 아니고, 한 달에 만 원 정도는 낼 수 있을 거로 보거든."

촌놈의 제안에 마당쇠가 기다렸다는 듯 동의했다.

"우리가 공연을 하게 되면 공연장도 빌리고 해야 하니까. 정말 단돈 십 원이라도 십 년 모아 보자고!"

엠티 내내 들떠 있던 탐진치까지 다짐을 넣었다.

"힘들어도 버텨야 돼! 나한테 손해라도 전체를 따라야지!"

모두가 회비를 걷자는 데 찬성하는 쪽으로 분위기가 돌아가자 자연스럽게 마당쇠를 총무로 임명하자는 분위기가 형성되었다. 박 팀장은 떠밀리듯 회계를 맡게 되었는데, 나중에 이 짐은 지연화에게 돌아가게 되었다. 매달 첫 주에 오천 원씩 회비를 내고, 월례회도 하기로 결정한 후 회의 아닌 회의는 끝을 맺었다. 이후 십삼 년간 기록하게 될 극단 연필통의 장부가 시작된 것은 그다음 달인 9월부터였다.

첫 번째 대본 리딩

배우가 공연에 캐스팅되고 대본을 받으면, 자신의 역할과 전체적인 이야기의 흐름에 대해 분석하고 알아 가는 시간이 필요하다. 연출 팀은 이 시간을 단축하기 위해 이번 공연에 실제 극단 연필통의 이야기를 넣기로 했다. 배역의 이름도 대부분

연기 중인 촌놈과 배우들을 보며 웃는 항아리.

실제 배우 이름이나 별명에서 따왔다. 촌놈이라 불리는 주의
식의 이름을 딴 '최주담', 마당쇠로 불리는 이호형의 이름을 딴
'마영호', 지연화의 이름을 딴 '지연희' 등은 모두 실제 배우의
이름을 따서 작명한 것이었고, '유명 배우'라는 뜻의 '유명세'나
'신인 배우'라는 뜻의 '신인배' 등은 캐릭터에 맞춰 작명한 것이
었다.

그럼에도 새 대본을 소화하기 위해서는 역시 시간이 필요했
다. 공연을 딱 70일 앞두고 첫 대본 리딩(reading, 낭독)이 있었
던 8월 22일, 연출이 액션을 외치자, 배우들은 떠듬떠듬 겨우
자기 몫의 대사를 읽어 나갔다.

이정상   저, 말이 나왔으니, 말인데

김동필   준수 형님, 때문에, 그러시죠?

대사 한 줄도 제대로 끊어 읽기를 못해서 몇 번씩 다시 읽기를 여러 번, 겨우 첫 리딩을 마치고 나자 시간은 한 시간 반이 훌쩍 넘어 있었다. 걱정과 불안으로 표정이 어두운 단원들을 항아리가 부드럽게 달랬다.

"읽으면서 지금 분장실 안에 누가 있으니 어떤 분위기겠구나, 감이 오잖아요? 누가 누구랑 사이가 별로고, 누구랑 친한 것 같고… 그런 걸 상상하면서 읽으세요. 사실 이번 공연이 지난번보다 몇 배 어려운 공연입니다. 대사만 외우지 말고 지문을 꼼꼼히 보셔서 내가 어느 타이밍에 어디를 가야 하는지, 그런 걸 알아 두셔야 됩니다."

쉬는 시간이 되자 비로소 조금 여유를 찾은 단원들이 서로의 출연 분량을 비교하기 시작했다. 오준수 역할을 맡은 시나브로가 깐죽거리며 마당쇠의 약을 올렸다.

"대사가 많아졌네! 형님은 밥 먹지 말고 계속 밤새워서 연습해야겠어. 파이팅!"

"날 죽여라… 날 죽여."

"계속 압박감을 줘야지, 히히!"

실실거리는 시나브로에게 앓는 소리를 냈지만 마당쇠도 대사가 늘어난 게 꼭 싫지만은 않은 기색이었다.

"아 그런데 이거 대사가 어렵네…'자기야 어디야?'"

대사에 나오는 억지 애교가 입에 붙지 않는지 몇 번씩 되풀이하는 마당쇠가 안되어 보였는지 네모가 다가와 연기를 지도해 주었다.

"그게 마영호가 노희주 촬영 감독한테, 촬영 감독이 여자잖아요, 그래서 친근하게 하려고, '자기 어디 가' 하고, 나름대로 애교 떠는 거예요."

"아 이게 참…'자기야 어디야?'"

몇 번이고 '자기야'를 반복하는 마당쇠는 영 입에 붙지 않는다는 표정이었다.

관심 있는 건, 살림하는 것

그로부터 며칠 후 올레가 찾아간 마당쇠의 집은 강남구 예술의 전당 부근에 있었다. 주거 취약 계층을 위한 LH 매입 임대주택을 신청해 지원 대상으로 선정되면 LH가 정해 준 후보 몇 군데 중에서 집을 정할 수 있는데, 서울역이 있는 도심에는 형편에 맞는 집이 거의 없었기 때문에 좀 더 집값이 저렴한 지역에 살게 되는 경우가 많았다. 촌놈의 경우처럼, 영등포나 서울역에 연고가 있는 사람들은 주로 강서구나 구로구를 선호했고,

좀 더 주거 환경이 나은 집을 찾는 사람은 강북 3구에 있는 임대 주택을 선택했다. 그런데 임대 주택 지원을 대행하는 다시서기센터에서도 강남구로 간 사례는 많지 않아서, 올레가 본 것은 마당쇠가 처음이었다. 왜 강남구를 골랐냐고 물었더니 마당쇠는 명쾌하게 대답했다.

"강남이 괜히 강남이 아니에요. 동네가 달라! 푸드 뱅크에 가면, 진짜 깜짝 놀랄 만한 수입 식품이 그냥 거저 가져가라고 쌓여 있다니까."

마당쇠의 집도 촌놈의 집처럼 반지하에 있었다. 주한 미군의 용역업체에서 일했던 이십 대 때부터 미제에 익숙하다는 마당쇠가 타 준 수입 인스턴트커피는 맛이 좋았다. 원래는 이태원에 살아서 수입품을 구하는 것이 쉬웠다고 했다.

"지금 내가 왜 이런 생활을 할까, 왜 이렇게 하고 있을까… 그런 생각, 들어요 사실."

카메라를 든 올레가 옛날이야기를 해 달라고 하자 잠시 말이 없던 마당쇠가 입을 뗐다.

"그래도 그런 거 관심 없어요. 관심 있는 건 뭐냐, 살림하면서 애 낳고 잘 사는 거. 그거 하나밖에 없어요."

"결혼을 해 보고 싶으신 거예요?"

"결혼은 해 봤어요, 사실은."

결혼한 적이 있다니? 올레로서는 처음 듣는 이야기였다.

"전에 아무것도 모르고… 위장 결혼."

"누구랑요, 어떤 사람이랑요?"

"중국… 베트남."

"네? 두 번 하신 거예요?"

"근데 꼬리가 길면 잡힌다 그러죠? 잡혔잖아."

알고 보니 마당쇠는 이미 두 번이나 혼인 신고를 한 전력이
있었다. 서울역에 있다 보면 비자 발급을 위해 위장 결혼을 해
줄 사람을 찾는다는 브로커를 종종 만날 수 있는데, 성사되면
수고비로 오십만 원을 받을 수 있었다. 마당쇠도 이런 식으로
결혼했다가 파투가 난 모양이었다. 중개소에 신분증과 사진
정도만 내어 주고 생판 모르는 외국인 여성과 부부가 된 것인
데, 일본 소설을 각색한 〈파이란〉이 바로 이런 위장 결혼 이야
기를 담은 영화였다.

"베트남 여자랑은 아예 잘 안됐죠. 중국 사람은 조선족이라
말도 통하고 해서 같이 살아 보려고 했는데 나만 고생했어요.
도망가니까 찾지 못하겠더라고요."

누가 와야 오래 살지

부쩍 어두워진 마당쇠를 달래기 위해 올레가 화제를 바꾸어

보았다.

"그러지 말고 진짜로 소개를 받아서 사귀어 보는 건 어때요?"

"그게… 여자한테 말할 때 문제점이 있어요. 예를 들어서 '성함이 어떻게 되십니까' '이름이 어떻게 되십니까' 이렇게 얘기를 해야 하는데 여자 앞에 서면 말을 못하고 이렇게…."

마당쇠가 잔뜩 움츠린 양을 해 보였다. 생각해 보니 워밍업을 할 때 작은나무나 지연화와 짝이 되면 그 앞에서 어쩔 줄 몰라 하던 것이 떠올랐다.

"순수하달까, 뭐라 표현을 못하겠는데… 친구들이 그래요. '야 임마, 말을 해라 말을 해' 친구들도 각자 와이프와 전부 잘됐는데…."

여자 얘기에 흥분한 마당쇠가 가운데 놓인 카메라를 젖히고 그 뒤에 앉은 올레를 향해 말을 거는 바람에 화면 안에 있던 얼굴이 뷰파인더 화면 밖으로 튀어 나갔다.

"그냥 앞에 보시면서 말씀하셔도 돼요. 전 어차피 다 보여요."

"…아무튼 지금도 여자는 어려워요. 여자가 있어야 살림도 갖추고 할 텐데… 그래도 이 정도면 살 만하죠?"

방 안에는 TV를 비롯해 크고 작은 세간살이가 있었다. 하지만 다 주워 온 거라서 작동되지 않는 것도 있다고 했다.

"전처럼 외롭지는 않아요. 연극을 하니까. 대본이 길긴 한데 끝장을 봐야지."

마침 이날은 극단에서 마당쇠를 위해 생일잔치를 열어 주기로 한 날이었다. 원래 1958년생인 그는 호적에 생년월일이 잘못 기재되어 정정 민원을 낸 상태였다.

어렸을 때 아역 배우를 할 정도로 주변의 관심을 받았던 그는, 형사 출신이었던 엄한 아버지와 사이가 틀어지면서 청소년기에 부산 형제복지원에 보내진 적이 있다고 했다. 인권 유린으로 악명을 떨친 그곳에서 모진 고생 끝에 나온 후에는 친모를 찾아가 도움을 받았고, 한동안 미군 기지 경비원 일을 하면서 안정된 생활을 하기도 했지만, 몇 번의 실패 후에 IMF 직후 최초의 노숙인 시설로 알려진 '자유의 집'에 가게 되면서 센터와 인연을 맺게 되었다.

"어렸을 때는 나이 때문에 따돌림을 많이 당했어요. 아홉 살에 초등학교를 들어갔으니까. 이제 호적을 정정하면 네 살이 올라가니 원래 내 나이가 되는 거예요. 오래 살고 싶은데, 누가 곁에 와야 오래 살지."

인터뷰를 마친 마당쇠는 언제 우울했냐는 듯이 다시 쾌활한 표정을 갖추고 집을 나섰다. 생일잔치가 열리는 장소는 남

마당쇠의 생일 파티.

산공원이었다. 촌놈과 시나브로, 은하별과 늘보, 지연화가 마당쇠를 위해 모여 있었다. 치킨과 탕수육이 차려진 가운데 단원들이 초코파이를 쌓아 케이크를 만들었다.

"사랑하는 마당쇠 형님, 생일 축하합니다!"

마당쇠가 멋쩍게 웃으면서도 잽싸게 촛불을 끄자 웃음소리가 터져 나왔다. 회장으로서 촌놈이 한마디 했다.

"생일이 지난 다음에 알아서 미안하고. 앞으로는 미리미리 얘기하자고. 그래야 하다못해 이런 거라도 미리 준비하지."

생일잔치로 흥겨운 와중에 마당쇠는 다시 한번 소원을 피력했다.

"단원 중에 여자가 있으면 좋겠거든. 여자 노숙인 상담소에 가서 자매결연을 맺으면 어떨까?"

9월도 중순에 접어들며 공연이 채 오십 일도 남지 않았다. 그 사이 몇 가지 변화가 있었다. 송별회를 끝으로 부산에 있는 가족에게 돌아간다며 류가 사라졌다. 취업을 알아보던 또치는 면접에 떨어진 후 다시 연극에 참여하기로 하고 극 중 막내인 '신인배' 역할을 맡았지만, 연습에 나오는 날보다 빠지는 날이 많았다. 또치가 연습에 빠질 때면, 조연출인 네모가 그 역할을 대신 맡았다.

9월 26일에는 공연하는 작품의 제목이 확정되었다. 아직까지도 제목을 결정하지 못해 고민하던 단원들이 저녁을 먹으러 밥집에 모인 참이었다.

"제목으로 〈다시, 연필통〉 어때요?"

항아리의 제안에 마주 앉은 단원들의 표정이 애매해졌다. 내친김에 항아리가 하나를 더 던졌다.

"아니면 〈연극하는 날〉은? 유명한 연극 중에 〈시집가는 날〉이라고 있거든요."

멀찍이 앉아 있던 올레가 속으로 좋은 제목이다, 생각하고 있는데, 단원들이 어쨌든 제목에 연필통이란 이름을 넣어야 사람들이 극단 연필통을 기억하지 않겠냐고 뭐라고들 했다. 곰곰이 생각하던 올레가 제안했다.

"그럼〈연필통 사람들〉로 하면 어때요?"

잠시 후, 쪽지를 나눠 주고 비밀 투표를 한 끝에 결정된 연극 제목은〈연필통 사람들〉이었다. 올레는 항아리에게 부탁했다.

"연극 제목은〈연필통 사람들〉로 하지만 영화 제목은〈연극하는 날〉로 해도 될까요?"

"저야 좋죠."

그렇게 영화의 제목도 함께 정해졌다.

〈연필통 사람들 5장. 마영호의 위기〉 중에서

오준수　선생님, 그래도 이렇게 오셨는데 저희들 조금씩 좀
　　　　봐주세요. 부탁드립니다.

유명세　그럴까? 전 연출, 그럼 잠깐 내가 배우들한테 얘기
　　　　좀 해도 되지?

전훈수　(기대에 찬 배우들 표정 보고 마지못해) 네, 그럼요.

유명세　어제 공연 보고 참 좋았어요. 열심히들 하더라. 근데
　　　　참 안쓰럽기도 해요. 조금만 더 하면 훨씬 좋아질 수
　　　　있을 텐데. 연출이라면 쓴소리도 좀 하고 그래야 하
　　　　는 건데. 우리 전 연출이 너무 착해서 그러지를 못해
　　　　요. 내가 전 연출 잘 알거든. 물론 많이 힘들었겠지.

아마추어 배우들을 다룬다는 게 말처럼 쉬운 게 아니거든. 그런 건 사실 부족할 수밖에 없어. 우리 연출이 못하는 게 아니라 어쩔 수 없는 거니까 배우들도 이해하고. 그러니까 오늘 내가 대신 쓴소리 좀 할게요. 다들 괜찮지?

살짝 긴장하는 배우들. 본격적인 유명세의 설교가 시작된다.

유명세 연기라는 게 뭐냐? 자네들은 연기가 뭐라고 생각해?

이런저런 대답들이 나온다. 열정, 에너지, 경험, 노력, 진심 등등.

유명세 그래, 다 좋은 말인데 가장 중요한 게 빠졌어. 바로 기술. 연기가 괜히 연기겠어? 연기는 기술이야. '연희의 기술'. 아무리 열정, 에너지, 진심이 있으면 뭐 해. 그걸 전달하는 기술이 부족하면 말짱 헛거지. 관객들이 보고 싶은 건 그 마음, 진심을 얼마나 잘 전달하느냐야. 어설픈 열정만 가득한 몸부림은 헛짓거리야. 그게 허용된다고 생각하면 다 때려치워. 아마추어가 무슨 훈장이야? 아마추어 공연 보러 오는 사람은 다 성인군자야? 니들 그 못하는 연기 보고서 위로해 주려고 오는 사람들이냔 말이야. 그런 식으로 할 거면 집에서 가족들 모아 놓고, 친구들 불러 놓고 그 앞에서 해. 여러 사람 괜히 불러 모으지 말고. 연극에 대한 순수한 마음, 내 열정을 봐 주세요 하는 건 관객에 대한 예의가 아냐. 관객들이 보고 싶어 하는 걸 보여 줘야지. 관객이 보고 싶어 하는 건 전문적인 표현이라고.

분장실 분위기가 무거워진다.

유명세　연출은 뭐 했어? 연습하면서. 힘들었을 거 알아. 근데 당신은 프로잖아. 그러면 프로답게 배우들 코치 했어야지. 열정만으로 관객한테 들이대는 거 얼마나 유치한 건지 모르는 거 아니잖아. 그치? 오늘 내가 기왕 시간 내서 왔으니까 잠깐만 봐주고 갈게. 테크닉적인 쪽으로.(마영호 보며) 거기, 좀 나와 봐.

사람들 일제히 쳐다보고 마영호 어리둥절하며 앞으로 나온다.

유명세   자기 역할이 뭐였지?

마영호   이문동입니다만….

유명세   그래요. 거기 어디지? 그 시위하는 사람들 협박하는
          장면. 거기 한번 해 봐요.

마영호   (긴장된 상태) '어이 철민이! 그러고 보니 자네 거기
          왜 끼어 있어? 며칠 잘하더니만… 내 제안은 없던 걸
          로 하겠다는 건가? 그럼 그 돈은 다시 줘야지?'

유명세   자, 그만, 그만. 지금 영호 씨는 깊이도 없고 시선 처
          리도 안 되고 있어. 다시 해 봐요.

마영호   '어이 철민이 그러고 보니 자네 거기 왜 끼어 있어? 며
          칠 잘하더니만… 내 제안은….'

유명세   아니지, 좀 더 놀리듯이, 은근하게 해야지. 당신이
          보여 줘야 할 게 뭐야? 이문동의 용의주도함이랑 능
          구렁이 같은 모습이잖아. 저 사람들보다 위에 있는
          느낌이 있어야 하는데 그게 없다고. 다시.

마영호   '어이 철민이… 그러고 보니… 자네 거기 왜 끼어 있
          어?'

유명세   그만 그만! 아 그것 참 어렵게 하네. 잘 봐요. 내가 해
          볼게. '어이 철민이! 그러고 보니 자네 거기 왜 끼어 있
          어? 며칠 잘하더니만… 내 제안은 없던 걸로 하겠다

는 건가? 그럼 그 돈은 다시 줘야지?' 이렇게 하라고.
다시!

마영호　(어설프게 따라 하는) '어이 철민이 그러고 보니 자
네….'

유명세　됐어, 그만. 그게 그렇게 어렵나? 영호 씨 힘든 건 알
겠는데 배우란 기본적으로 할 건 해 줘야지. 내 의도
는 알겠어? 내가 뭘 하려고 하는 건지?

마영호　(진이 빠진) 네….

3-2. 사람들은 떠나고

〈연필통 사람들 5장. 마영호의 위기〉를 연습 중인 배우들.

　9월 하순에 들어서며 무대 위에서 움직일 동선을 맞추는 블
로킹(blocking) 연습이 본격적으로 진행되자 아직 대본도 미처

다 외우지 못한 배우들은 대사 치랴, 동선 맞추랴, 연습 시간만 되면 대혼란에 빠졌다. 대본을 외우는 일에 가장 게으른 것은 탐진치였다. 특히 5장은 그가 맡은 역인 유명세가 주도해야 했는데, 대사가 막힌 탐진치가 매번 대본을 다시 찾아보는 바람에 연습이 더디게 진행되었다.

더 심각한 문제는 그의 상대역인 마당쇠였다. 마당쇠는 '유명세'에게 혼나고 좌절하는 '마영호' 역할이었는데, 연기를 하다 보면 실제로 혼나는 것처럼 표정이 어두워지고 자기 대사를 잊어버리곤 해서 5장만 시작하면 연습이 진행되지 않았다.

유명세　　…어디 한번 해 봐!

5장 연습 시간. 유명세한테 혼나고 있던 마영호가 그 앞에서 연극 속 대사를 해 보이는 대목이었다. 아니나 다를까 마당쇠가 또 얼굴이 검게 변하더니 입을 떼지 못하고 가만히 서 있었다.

"어이 철민이…"

보다 못한 항아리가 대사를 대신 읊어 주었다. 그제야 퍼뜩 정신이 든 마당쇠가 자기 대사를 쳤다.

마영호　　어이 철민이, 자네, 왜 거기 끼었어?

　기계처럼 한 구절 읊기는 했으나 다시 머릿속이 하얗게 된
모양이었다. 입술만 달싹이고 서 있는 마당쇠를 본 항아리가
다시 대사를 불러 주었다.
　"며칠 잘하더니만, 내 제안은?"

마영호　　며칠 잘하더니만, 다 잊어 먹은 거야?

　그나마 불러 주는 대사도 제대로 듣지 못한 마당쇠가 절반
은 틀린 대사를 쳤다. '유명세' 역의 탐진치가 호통을 쳤다.

유명세　　됐어, 그만! 그게 그렇게 어렵나? 영호 씨 힘든 건 알
　　　　　겠는데, 배우란 기본적으로 할 건 해 줘야지! 내 의도
　　　　　는 알겠어? 내가 뭘 하려고 하는 건지?

　상황은 최악으로 치달아, 마당쇠는 대답도 않고 움직이지
도 않고 우두커니 서 있기만 할 뿐이었다. 항아리가 지시했다.
　"이때 '네' 하면 돼요."
　9월 27일은 추석 연휴를 앞두고 마지막 모임이 있던 날이었

다. 단원들은 명절 기분을 내자며 시장을 봐서 공원에서 뒤풀이를 하기로 했다. 다시서기센터 뒤편의 후암동 시장에서는 과일이며 생선 같은 제수용품이 좌판에 나와 대목을 놓칠세라 호객을 하고 있었다. 송편과 호박전, 소주와 맥주를 산 단원들이 공원 한편 데크에 자리를 펴고 간단히 고수레를 한 후 잔을 기울이기 시작했다. 명절이라고 해도 화제는 모두 연극 얘기뿐이었다. 몇 잔을 들이켠 마당쇠가 심경을 토로했다.

"나는, 나란 놈이 등신 역할을 많이 하는구나, 그런 생각이 들어."

촌놈이 좋게 달래 주려고 말을 받았다.

"그건 네가 남한테 주눅 드는 역할이라서… 게다가 유명세가 유독 불러내서 혼내는 역할이잖아. 그런 부분이 있긴 한데, 그게 또 너한테 맞는 역할이니까…."

"그냥 대사 길게 하지 말고, 노래나 한 곡 하고 춤이나 추면 안 될까?"

마당쇠가 눙치고 넘어가려 들자 촌놈이 진지하게 훈계했다.

"야야, 우리 삶의 모습을 주제로 만들자고 했는데 대사가 많다고 노래나 부르고 말려고 하면 안 되지. 마영호란 역할이 너 이호 형 그 자체잖아!"

"아니 역할을 준 건 좋아, 좋은데… 내가 어렸을 적 동네 애들한테 매 맞고 자란 기억이 아직도 후유증이 있단 말이야. 나는 혼나는 연기를 하면, 속으로 한 번만 하면 된다, 두 번까진 된다 하고 버티는데, 저번에는 유명세가 와서 소리 지르는 장면을 연습하는데 진짜 식은땀이 쫙 나오면서….”

마당쇠가 감정이 북받쳐 말을 잇지 못하자 촌놈이 다시 구슬리는 목소리로 말했다.

“너를 나무라는 건 아냐. 근데 너를 위해서 그게 나온 거거든.”

문득 고개를 든 마당쇠의 눈이 반짝였다. 어느덧 사위가 어두워져 서로 얼굴도 알아보기 힘든 지경이었는데 유독 마당쇠의 눈에서 반짝이는 것은 아마도 눈물인 것 같았다.

“나는… 여직 노가다, 어떤 거, 다 해 본 결과가, 내 자신이 밑바탕이 안 된다는 거였어. 내가 핫바리라는 얘기야. 내가 밑바탕이 됐으면, 그래서 밑바닥에서 위로 올라왔다 그러면 내가 누구 앞에서 이런 얘길 안 하겠지… 배우지 못했어도 해 볼 수는 있는 건데 나는 내 자신이 생각이 짧고, 뭘 못해서. 나는 핫바리야. 내 자신이, 부족한 사람이야.”

내가 주인공이야!

마당쇠가 비감하게 말을 맺자 시나브로가 격렬하게 받아쳤다.

"형님! 형님은 재주가 많아! 재주가 많은데, 연극이 나한테 맞춰 주길 바라지 말고 내가 연극에 맞추려는 마음가짐을 가져야 해!"

"연극에 맞추는 순간, 형은 주인공이에요. 끼도 있고, 잠재력이 가장 풍부한…."

"그 5장 장면이 중요한 게 주인공이기 때문에 그런 거예요."

마당쇠를 격려한다고 늘보에 지연화까지 나서서 주인공 얘기를 보태자 은하별이 발끈했다.

"어? 아냐! 이 전훈수가 주인공이야!"

"전훈수?"

늘보가 어이없다는 표정으로 은하별을 쳐다보자 은하별이 '나 말이야' 하는 식으로 가슴에 손을 얹고 웃어 보였다.

"말도 안 되는 소리 하지 마요."

"형님! 마영호가 핫바리가 아니고 연출 전훈수가 핫바리야!"

지연화와 시나브로가 잇달아 면박을 주자 다시 은하별이 발끈했다.

"아냐, 여러분은 뭔가를 착각하고 있어! 이 전훈수가 주인공인데 말야!"

촌놈이 점잔을 빼며 은하별에게 한마디 했다.

"전훈수는, 마영호가 무슨 생각을 가지고 있는 줄도 모르는

놈이 무슨 주인공이냐?"

연출 역이면서 단원 역을 맡은 배우를 감쌀 줄 모른다는 뜻으로 한 말이었지만, 다른 배우들은 고소하다는 듯 크게 웃었다. 어쩐지 은하별은 표정이 좋지 않다 싶더니 먼저 가겠다고 자리에서 일어나 어디론가 가 버렸다. 촌놈이 은하별이 사라진 곳을 보다가 말을 이었다.

"저놈이 화를 내고 간 이유가 따로 있어. 자기 의도대로 연극이 안 가고 있다고 생각하거든."

촌놈이 얘기한 것은 한 달 전쯤 있었던 해프닝이었다. 은하별이 자기가 맡은 극 중 연출 '전훈수'의 역할을 늘려 달라며 항아리를 비롯한 강사진에게 대본 수정을 요청한 적이 있었다. 의견을 수렴하려 했던 강사진은 내용을 들어 보고는 현재 대본과 맞지 않는다고 생각해 반영하지 않았는데, 이후 은하별은 강사진의 하는 양을 못마땅해했다.

"아무래도 내가 작가로서의 타이틀이 있어야 연출 팀 애들이랑 동등해질 수 있겠어."

북에서 작가로 활동한 이력을 극단에서 인정받지 못했다고 생각한 은하별은 따로 통일을 주제로 한 짧은 이야기를 써서 극단 프락시스 대표에게 제안하기도 했지만 역시 받아들여지지 않았다. 일이 뜻대로 되지 않자 은하별은 술을 먹고 연습에 나타나 짜증을 내기 시작했다.

"연필통을 하자고 한 게 난데 말이야!"

이날 은하별이 먼저 자리를 떴을 때만 해도 다른 단원들은 늘 있는 주사겠거니 하고 별로 신경을 쓰지 않았다. 그러나 삼십 분 정도가 지난 뒤 지연화가 어디서 걸려 온 전화를 받더니 심각한 얼굴로 모두에게 말했다.

"이 전화, 은하별 선생님한테서 온 거예요. 모든 프로그램에서 빠지겠다고 하고 먼저 전화를 끊으셨어요!"

우리의 욕심을 채우기 위한 걸까

지연화가 전한 소식에 모두가 어안이 벙벙해서 서로를 쳐다보았다. 오직 늘보만 별로 놀랍지 않다는 듯 말했다.

"저는 먼저 가실 때 느낌이 딱 왔어요."

지연화가 부연했다.

"앞으로 모든 프로그램에서 빠지겠다고, 그동안 좋았다고 하면서 먼저 전화를 끊으시더라고요."

다들 황당한지 말이 없는데 늘보가 자신의 생각을 말했다.

"솔직히 이제 와서 하는 얘기지만 은하별 형님하고 트러블이 있을 때, 오디션 보기 전에 빠지고 싶었어요."

올레는 늘보가 하는 말의 뜻을 짐작할 수 있었다. 늘보와 은하별은 같은 공장에서 자활 근로를 하고 있었는데, 은하별이 사람들 앞에서 큰소리로 늘보에게 무안을 주곤 해서 늘보가 난감해하는 모습을 보았기 때문이었다. 술을 먹지 않는 늘보는 술자리에서 은하별이 본격적으로 주사를 늘어놓기 시작하면 말이 없어지고 일찍 집에 가 버리곤 했는데, 그동안 두 사람의 사이가 보기보다 훨씬 나빠진 듯했다.

"연극에 참가하는 동안 제 개인적인 감정은 참겠다고 생각하고 있었어요. 그렇긴 한데…."

늘보의 말이 늘어지자 답답해진 시나브로가 큰소리로 따졌다.

"아니, 지금 제일 못하는 게 은하별 형님이야! 뭐야 저거, 연극 처음 하는 것처럼 왜 저래? 내가 얘기해 주고 싶었는데, 자기 생각만 하고! 또 저 형 단점이 뭐냐면 진정성이 없어요. 진정성이 없어!"

한동안 말이 없던 촌놈이 입을 열었다.

"우리가 연극을 위해서 얘기하고 있는데 화를 내고 간다는 게 문제라고 생각해. 은하별에 대해서도 높게 생각했는데 술버릇 보고 실망한 게 사실이야. 사실이고…."

촌놈의 말에는 근심이 가득했다.

"내가 걱정하는 건, 우리도 우리를 버리지 못했는데 벌써 여러 번 극장에 와서 우리를 본 관객이 우리를 극 중 인물로 봐 줄 수 있을까, 그게 걱정이야."

은하별이 극단을 그만두겠다고 선언한 소식은 강사진에게 도 전해졌다. 남산 공원에서 술자리가 있은 지 사흘 후, 앞으로 의 일정과 대본 수정에 대해 의논하러 항아리와 작은나무가 만 났다. 작은나무는 대본 문제로 은하별과 해프닝이 있었기에 지금의 상황이 더 걱정되는 듯했다.

"지난번에 본인 나오는 장면 더 넣자고 하실 때 고쳐 드릴 걸 그랬나요? 그런데 내용상 그럴 수 없었어요. 다른 배우들을 무 시하는 말씀도 좀 하셔서 걱정되기는 했는데, 그래도 우리 앞 에서는 본인도 연극인이라 남한의 엘리트와 작업해서 기쁘다 고 그러셨고, 아예 그만둔다고 하실 줄은 몰랐거든요. 우리한 테 직접 하신 얘기는 아니니까 모르는 척해야 될까요?"

어지간해서는 흥분하지 않는 항아리는 이번에도 신중한 반 응을 보였다.

"내 생각에는 우리가 진지하게 개입하면 상황이 더 심각해 질 것 같기도 하거든? 이 일을 우리가 알고 있다는 걸 일부러 얘 기할 필요는 없을 것 같아. 모르지, 이 선택이 어떤 결과를 가져 올지는…."

"사실 저는 선생님들한테서 좋은 면만 봤는데, 연극한다고 하면서 일을 안 나가는 분들도 있다니까 연극이 핑계거리가 되는 건가 싶고… 뭔가 근간이 흔들리는 느낌이더라고요."

작은나무가 꺼낸 화두는 얼마 전에 박 팀장으로부터 들은 이야기로, 극단 활동을 하면서 임시주거를 지원받은 세 사람이 모두 일을 제대로 하지 않고 있다는 소식이었다. 아마도 은하별과의 불화가 이유였겠지만 가장 먼저 늘보가 다니던 공장에서 나왔고, 이어 은하별이 본격적으로 남한에서 연극을 해보겠다며 공장을 그만두었다고 했다. 또치는 취업에 실패한 후 띄엄띄엄 연필통 연습에 얼굴을 비치는 것 말고는 아무 일도 하지 않으면서 어디에도 이력서를 내지 않고 있다고 했다.

"그렇다고 연습을 제대로 하고 있는가 하면 그렇지도 않아요."

"일대일로 붙잡고 하면 좀 되려나? 지난번에 마당쇠 님도 일대일로 지도해 줬으면 하시더라고. 은하별 님도 일대일로 연기지도를 받고 싶어 하시는 것 같기도 한데… 연습 시간이 너무부족해서."

"사실 이 대본이 어려워요. 어찌 보면 우리가 욕심부리는 게아닐까 싶기도 하고…."

"촌놈 님이 연휴 동안 배우들을 불러서 얘기해 보신다고 했으니까, 일단 상황을 보자."

항아리가 열어 놓은 노트북 화면에는 이제 한 달밖에 남지 않은 연습 일정이 떠워져 있었다. 일주일에 사흘, 마지막 주에는 매일 밤 모여 연습한다 해도 횟수는 채 스무 번이 되지 않았다. 과연 이 기간 동안 무사히 준비를 마치고 공연을 올릴 수 있을까? 걱정이 가득한 가운데 추석 연휴가 시작되고 있었다.

명절이 제일 외로워

9월 30일은 추석날이었다. 서울 강서구 화곡동의 다가구 주택 반지하에 위치한 촌놈의 집은 현관에 들어서면서부터 음식 냄새가 요란했다. 한 평 남짓한 부엌 겸 거실 구석의 가스레인지 위에는 커다란 냄비가 놓여 있고, 그 안에는 먹음직스럽게 양념된 제육볶음이 손님을 기다리고 있었다.

올레가 촌놈의 집에 도착했을 때 그는 마침 상차림을 끝내가는 중이었다.

"어떤 놈들을 위해서 이 지랄을 하는가 모르겠어."

요리용 비닐장갑을 벗으며 한숨을 내쉬던 촌놈이 기어이 한소릴 하자 올레도 참지 못하고 웃었다. 정수리가 좀 벗겨지기는 했지만 뒷머리를 어깨 아래까지 길게 기른 촌놈은 깔끔하게 머리를 묶고 새 옷도 꺼내 입고 아침부터 요리를 한 듯했다. 손님맞이 음식 준비를 마치고서야 방으로 들어가 앉은 그는 재떨이를 놓고 담배를 물었다.

"상 차리느라 돈 많이 쓰셨을 거 같아요. 오늘 누구누구 오나요?"

"늘보하고, 시나브로, 은하별. 마당쇠는 선약이 있어서 못 온다고 하더라고."

"은하별 선생님도 오신대요?"

"내가 전화했어. 전화해서 그날 탈퇴한 거는 물어보지 않고, '내일 와라, 애들 오니까' 그러니까 '예, 갈게요' 그러더라고. '걔들 열두 시까지 오니까 맞춰서 같이 와' 그랬지."

"선선히 오시네요. 지난번 헤어진 이후로 지연화 선생님 전화도 안 받으신다고 하던데요."

"…오늘 명절이잖아. 원래 명절 때가 제일 외로워."

"아무래도…."

"명절날 오라는 사람 있으면 못 이기는 척 거기 가서 놀다 오면 되는데. 안 그러면 갈 데도 없고, 그렇지."

담배 연기를 내뿜는 촌놈의 표정이 가라앉았다. 올레는 내친김에 평소 묻지 않던 그의 신상에 대해 물어보기로 했다.

"촌놈 님은 자녀가 있다고 그러지 않았나요?"

"뭐, 지 엄마한테 갔으니까."

"그래도 한 번쯤 찾으려고 하지는 않으셨어요?"

"어디 있는지는 알아. 어디 있는지는 아는데… 이렇게 살고 있으니 내가 싫고, 아들이면 몰라도 여자애니까 시집가면 그만 아냐."

평소 드러내지는 않지만 촌놈은 상당히 보수적인 사람이었다. 본인 말로는 충청도 시골에서 자라서 그렇다는데, 막상 어린 시절에 대해 물으면 자세히 말하기를 꺼렸다. 조금씩 들은 이야기를 맞춰 보면, 어린 시절 매우 불우한 집안에서 자란 그는 국민학교도 제대로 졸업하지 못한 채 상경해 영등포에서 공장 일을 했던 것 같다. 스무 살쯤엔 또래보다 체구가 크고 힘도 세다는 이유로 이른바 '형님'들과 어울리게 되었는데, 영등포 연홍극장에서 선전부 일을 할 때가 살면서 가장 재미있었던 때라고 회상하기도 했다.

"다른 가족하고도 연락 안 하세요?"

"형님네는 연락을 했었는데, 보증 서 달라는 걸 안 한다고 한 후로 연락이 끊겼지."

바닥부터 시작한 그가 중년이 되어 영등포 골목에 조그만 옷 공장을 차렸을 때는 나름 성공했다는 생각에 충청도 향우회도 나가고, 형님을 비롯한 고향의 가족들과도 소식을 전하고 지냈다고 한다. 자기보다 열여덟 살 어린 여자를 만나 아이도 낳았다. 흰 바지에 흰 구두를 신고 영등포를 돌아다니면 세상 부러울 것이 없었던 때였다. 그러다 하루아침에 사업이 망하고, 고향의 가족들과 절연하고 이혼까지 한 후에는 빈털터리가 되어 영등포에서 반년가량 거리 노숙을 했다고 한다.

"내가 사업하던 게… IMF 딱 터지니까 그때 돈 칠백만 원에 문을 닫았거든."

연필통에 입단할 당시 호적상으로 예순이었지만 실제론 그보다 나이가 많았던 촌놈은 새로운 것을 배우는 데 누구보다 열심이었다. 강사들이 무심코 '애드리브'나 '블로킹' 같은 영어 단어를 쓸 때면 가방끈이 짧아 알아듣지 못한다며 엄살을 떨었지만, 어느새 익혀서 다른 사람보다 먼저 써먹곤 했다. 낮에는 공공 근로도 하고, 자기가 사는 임대 주택 건물 관리 일도 해서 늘보나 은하별보다 두 배의 수입을 올렸지만, 외로움을 많이 타는 성격이라 동네에서 친구들을 만나 술을 마시는 데 써 버리는 돈이 많았다. 생활이 조금씩 안정된 후에는 형편이 어려울 동안 발을 끊었던 향우회도 다시 나갔지만, 가족을 찾는 것은 단념한 듯했다. 그나마 연극 연습을 할 때는 술을 안 먹으니, 이렇게 사람들을 초대해 술상을 차려도 밖에 나가서 먹는 것에 비하면 돈을 아끼는 것일지 몰랐다.

"어떻게 이렇게 요리를 잘하게 되셨어요?"

"내가 옛날에 배에서 요리사로 일한 적이 있거든. 이게 매워 보여도 하나도 안 매워. 술안주로 먹으면 딱 좋아."

때마침 서울역에서 함께 출발한 일행이 도착했다. 우당탕 소리를 내며 술과 음료를 들고 늘보와 시나브로가 현관에 들어서자 촌놈의 얼굴에 환하게 웃음꽃이 피었다. 뒤따라 들어온 은하별은 촌놈과 눈을 마주치지 못했지만 방으로 들어가서는 아랫목에 떡하니 자리를 잡았다.

제육볶음 냄비가 불 위에서 자글거리는 동안 모두는 방에 차려 놓은 상에 둘러앉아 잔을 올리고 술을 따랐다. 그리고 이래라저래라 잔소리가 오가더니 곧 서로 잔을 주고받기 시작했다. 추석의 힘인지 술의 힘인지 알 수 없으나 은하별도 눈을 마주치며 웃기 시작했다.

아무도 알지 못했던 일

추석 모임은 즐겁게 끝났다. 아니, 모임은 즐거웠는데 끝은 그렇지 못했다. 안주와 술을 배불리 먹고, 올레가 가져온 지난 공연 영상까지 함께 감상한 시나브로와 늘보는 기분 좋게 해질 녘에 촌놈의 집에서 나섰다. 그러나 은하별은 술이 많이 남았는데 어딜 가냐며 혼자 촌놈의 집에 남았다. 이때까지도 촌놈은 '아마 은하별이 따로 하고 싶은 얘기가 있나 보다' 생각했다. 그런데 은하별은 '남은 술은 내가 다 먹겠다'라며 밤을 꼬

박 새우며 마시기 시작하더니 술이 떨어지면 더 사다 달라고 보채며 다음 날도, 그다음 날도 집에 가지 않았다. 결국 추석 연휴 사흘 내내 촌놈의 집에서 술을 먹고, 취해서 잠들었다 깨면 다시 마시기를 반복한 은하별은 연휴가 끝나서야 촌놈의 집에서 나섰다. 다음 날은 명절 뒤 첫 연극 연습이 있는 날이었다.

"무슨 사람의 한계를 시험하는 것 같더라고."

전날 밤 상황을 올레에게 설명하는 촌놈은 평소답지 않게 화가 잔뜩 나 있었다.

"집에 안 가려고 하는 이유는 이해가 가는데. 말하는 게 아주… 지가 알면 얼마나 안다고…"

문득 촌놈의 표정이 어두워졌다.

"자네도… 이런 거 찍는 게 좀 그래. 아무튼 우리가 서울시에서 지원을 받아서 하는 건데 말이야."

촌놈은 올레가 촬영하는 영화에 좋은 모습만 찍히길 원하는데 단원들이 며칠씩 술을 먹고 인사불성이 되었다는 내용이 담기면 어쩔지 걱정인 모양이었다. 하지만 상황은 이제 시작일 뿐이었다.

10월 3일 연습에는 연휴 동안 다듬어진 대본이 드디어 한 권의 책이 되어 나왔다. 연습실에 둥그렇게 모여 앉아 플라스틱 표지가 붙은 스프링 제본에 〈연필통 사람들〉이라는 제목이 붙은 책을 받아 든 배우들은 그제야 대본의 두께와 공연의 길이가 실감이 난 모양이었다. 늘보를 비롯해 하나같이 긴장한 표정의 배우들에게 대본을 쓴 작은나무가 달래듯이 말했다.

"연습하실 때, 영 어색해하신다 싶은 대사는 뺐어요."

"이제 일주일에 세 번씩 해도 열몇 번이면 공연인데, 대사를 많이 못 외우셨구나 싶은 게 걸렸어요. 근데 그건 방법이 없는 거 같아요. 무조건 많이 반복해서 읽어야 입에 붙으니까. 연휴 동안 얼마나 연습하셨는지 볼게요. 잠깐 쉬었다가 5장 연습합니다. 이제는 연기를 중간에 끊지 않고, 대사 못 외우셨어도 불러드리지 않을 거예요."

항아리의 말이 끝나자 다들 대본책을 펼치더니 자기 대사에 표시를 한다고 난리가 났다. 연휴 전에 항아리가 '쉬는 동안 자기 대사를 다 외워 오라'고 했는데 미처 못 외운 게 많았던 모양이었다. 어려워하던 대사 몇 개가 빠진 것을 확인한 촌놈은 밝은 표정으로 남은 대사에 밑줄을 박박 그으면서 대사를 중얼거렸다. 그런 촌놈에게서 멀찍이 떨어진 곳에 은하별이 앉아 계속 물을 들이켜고 있었다. 며칠 동안 마신 술이 아직도 덜 깬 모양이었다.

마영호　　　'어이 철민이 자네 왜 거기 끼었어. 며칠 잘하더니만

잊어 먹은 거야?'

모두가 걱정스런 표정인 가운데 5장의 연습이 시작되었다. 연휴 전에 5장을 연습할 때마다 유명세 역의 탐진치한테 혼나는 게 힘들다던 마당쇠는 전략을 바꾼 모양이었다. 이제는 대사를 칠 때 아예 탐진치와 시선을 마주치지 않고 객석과 바닥 쪽을 봤다. 그 바람에 더 주눅 든 모양새가 되었지만 본인에게는 그나마 그게 연기하기 편한 모양이었다. 마당쇠가 틀리지 않고 대사를 잘 치는 바람에 아직도 대사를 하나도 못 외운 탐진치가 더 눈에 띄었다.

유명세 됐어, 그만… 그게 그렇게 어렵나? 영호 씨, 힘든 건 알겠는데, 배우란 기본적으로 할 건 해 줘야지. 내 의도는 알겠어? 내가 뭘 하려고 하는 건지?

탐진치가 몇 번이나 대본책을 보면서 띄엄띄엄 대사를 마치고 나자 항아리가 연기 지도를 하면서 마당쇠를 칭찬했다. 이날 연습을 마치고 난 뒤 마당쇠는 전보다 훨씬 밝아 보였다.

"연습은 힘든데 마음은 치유가 된다는 생각으로 하고 있어요. 그래도 전보다는 나아졌죠?"

올레에게 소감을 말하던 마당쇠는 걱정스러운 얼굴이 되었다.

"근데 또치가 벌써 며칠째 연락이 안 되고 있어서… 또치가 걱정이야."

"또치가 연락이 안 돼요?"

"응, 전화가 안 된단 말이지…."

마당쇠는 엠티에서 총무를 맡은 후 연습에 빠지는 사람들에게 연락을 돌리는 일을 자청해 맡고 있었다. 생각해 보니 또치는 연휴 며칠 전에 있었던 연습에도 나오지 않았는데, 그 후로 연락이 안 되었다면 벌써 일주일째 소식이 없구나 싶었다.

또치가 연습에 빠질 때마다 대신해서 신인배 역할을 맡아 때우고 있는 네모도 표정이 어두웠다. 네모로서는 신인배 역할을 제대로 연기하자니 또치가 연습하러 왔을 때 설 자리가 없을 것 같고, 대사만 받아치는 식으로 때우자니 상대 배우들까지 연기를 대강하는 것 같아 이러지도 저러지도 못하고 있는 판국이었다.

하지만 다음 날 단원들이 들은 것은 걱정하던 또치의 소식이 아니었다.

빈집

10월 4일, D-27. 다시서기센터 주차장 앞 공터에는 촌놈과 시나브로, 들국화가 모여 있었다.

"형님은 어떻게 아셨어요?"

"다음 카페에서 봤지. 엊저녁에 알았어. 카페에서 보고."

"어쩐지 얼굴이 안 좋더라고."

시나브로와 촌놈이 말을 주고받는 동안 들국화는 울 듯한 얼굴이 되어 말없이 곁에 서 있었다. 잠시 후 구내식당에서 합류한 박 팀장과 지연화의 표정도 어두웠다. 촌놈은 도무지 진정이 안 되는지 자리에 앉지 못하고 이리저리 서성이고 있었다.

모두를 놀라게 한 것은 간밤에 카페 게시판에 올라온 늘보의 탈퇴 선언이었다.

아무래도 함께하기가 힘들 것 같아 말을 전합니다

그동안 정말 고마웠고요….

최선을 다하려 했지만

이렇게 되고 보니 할 말은 없네요

　- 연필통 게시판에 올라온 늘보의 글

연필통에서 나가겠다고 큰소리치던 은하별도, 연락이 두절

되었던 또치도 아닌, 어제까지 멀쩡하게 연습을 함께한 늘보가 그만두다니. 다들 놀라고 황당해하는 모습이었다.

"또치는 지금 어디… 얘기 들은 거 없죠?"

박 팀장이 지연화에게 물었다. 지연화는 고개를 저었다.

"또치도 너무 불안정해서…."

때마침 식당 입구에 은하별이 나타났다. 그런데 은하별은 일행을 보고도 고개만 슬쩍 까딱이더니 연습실 쪽으로 가려고 했다. 박 팀장이 그런 은하별을 불러 세웠다.

"선생님, 술 드셨어요?"

"어?"

은하별이 당황한 듯 대답을 하지 못하고 엉거주춤 서 있자 지연화가 나섰다.

"어저께 드셨어요."

"아니 선생님 지나가는데 술 냄새가 확 나는데요."

"응, 먹었어."

박 팀장의 지적에 은하별이 순순히 잘못을 인정했다. 곁에 있던 촌놈과 시나브로가 어이가 없다는 듯 은하별을 쳐다보았다. 다시서기센터는 노숙인을 위한 복지 시설이라 주취자의 출입을 금하고 있었기 때문에 술을 마신 노숙인은 센터를 이용할 수 없었다. 한겨울 영하로 떨어진 밤에도 이 원칙은 꼭 지키기 때문에 술을 먹은 사람은 서울역 지하의 응급 구호소로 가든지, 그도 싫으면 거리 노숙을 하는 것이 원칙이었다. 그런데 벌건 대낮에 술을 마시고 취해서 센터에 오다니. 누군가의 눈에 띄면 곧바로 쫓겨날 상황이었다. 뭐라고 변명할 말도 없는지 멍하니 서 있는 은하별을 보고 박 팀장도 기가 막혔는지 그저 되물어 볼 뿐이었다.

"아니, 센터 오면서 술을 드시면 어떻게 해요?"

"선생님 만날 생각에 설레서 술 먹었지."

은하별이 그렇게 대꾸하더니 자기도 걱정이 되었는지 그대로 돌아서 가던 길로 가 버렸다. 모두들 뭐라 할 말을 찾지 못하고 있는데 시나브로가 문득 지나가는 이용자들의 따가운 시선을 느꼈는지 화제를 돌렸다.

"그보다, 오늘 회장님하고 일단 집에 가 보죠."

박 팀장도 그의 말에 수긍했다.

"회장님하고 지연화 선생님하고… 늘보 집 아시죠?"

시나브로의 뒤에서 어두운 얼굴로 서 있던 촌놈이 말없이 고개를 끄덕였다.

다 실패했어

그날은 연습이 제대로 될 리가 없었다. 시나브로와 갈등을 일으키며 이야기를 끌고 가는 역할을 담당하는 늘보는 사라져서 없고, 연출 역을 맡아 분위기를 잡아야 하는 은하별은 취해서 자기 대사를 하나도 기억하지 못했다. 항아리는 일찌감치 연습을 접고 단원들과 함께 직접 늘보의 집으로 찾아갔다.

어느새 해가 저물어 길이 어두웠지만 마당쇠와 촌놈은 늘보의 집을 잘 알고 있었다. 후암 삼거리 부근에 있는 낡은 단독 주택은 또치의 집과 비슷해서, 가운데 복도를 두고 단칸방 여러 개가 마주 보고 들어찬 모양이었다. 그래도 이 집은 또치네 집 같은 나무 미닫이문이 아닌 양철문이 각방마다 달려 있었고, 공용으로 쓰는 화장실은 복도 끝에 있었는데 늘보의 방은 복도의 중간쯤에 위치해 있었다.

"안에 있어? 있으면 좀 나와 봐!"

마당쇠가 양철문을 쾅쾅쾅 두드렸다. 늘보와 가장 가깝게 지내면서 연습이 없는 날에도 곧잘 어울리곤 했던 마당쇠는 어젯밤부터 전화가 되지 않는다며 가장 애타게 그를 찾고 있었다.

"이 집이에요?"

뒤따라 들어온 항아리가 양철문의 간유리에 눈을 갖다 대고 안이 보이는지 확인하려 애썼지만 유리창 너머에는 깜깜한 어둠만이 있을 뿐이었다. 한참 동안 문을 두들긴 마당쇠는 이

윗집으로 가서 문을 두들겼다. 늘보네 집처럼 양철문이 달린 그 집에는 사람이 있는지 불이 켜져 있었다. 벌컥 문을 열고 무슨 일이냐고 묻는 주민에게 마당쇠가 오늘 옆집 사는 사람을 봤냐고 물었지만 이웃은 집에 없으면 나간 거 아니냐고 짜증만 내고는 문을 닫아 버렸다.

언젠가 한집에 사는 노인이 죽은 지 일주일쯤 된 것을 모르고 있다가 사회 복지사가 찾아와서 알게 되었다고 늘보가 말했던 것을 올레는 기억하고 있었다. 서로 소음과 냄새로 얽혀 살면서도 말 한마디 살갑게 나누고 살지 않는 것이 이 동네의 삶이었다. 마당쇠도 더 이상은 어쩌지 못하고 집에서 나와 길가에서 기다리고 있던 지연화에게 상황을 설명했다.

"불이 꺼져 있어요?"

"네. 어디로 갔는지 행방불명됐단 말이야…."

촌놈이 담배에 불을 붙이며 기억을 더듬었다.

"어제 연습 잘 하고 갔는데… 전혀 짐작이 안 가. 저기 걔가 맨날 가던 피시방이 있잖아. 거기 가 볼까?"

"그럼 둘로 나눠서 한 팀은 피시방으로 가고 한 팀은 공원으로 가 봐요."

지연화의 말에 촌놈과 마당쇠, 항아리는 각기 갈라져 늘보가 자주 가던 곳을 찾아보기로 했다. 일단 만나서 얘기를 들어야 왜 그만둔다는 건지 이유라도 알 텐데 아무것도 짐작을 하지 못하니 무슨 일이 생긴 건 아닐까 걱정스러운 얼굴이었다.

올레도 어느 날 갑자기 소식이 끊긴 서울역 사람들의 뒷이야기를 들은 적이 있었다. 가장 흔한 것은 노숙 생활을 하며 지내다 모처럼 집에 연락을 했는데, 그 바람에 서울역으로 찾아온 사채업자나 빚쟁이에게 붙잡혀 간 경우였다. 혹은 그렇게 붙잡히기 직전에 위험을 감지하고 원양 어선을 타거나 지방으로 몸을 숨기는 경우도 있었는데, 이런 경우에는 이삼 년 후에 다시 센터에 나타나 노숙 생활을 반복하는 일도 있었다. 일전에 촌놈은 사채라는 게 처음에는 크지 않아도 눈덩이처럼 불어나기 때문에 결국은 갚는 것을 포기하게 된다며, 본인도 부채 청산을 도와주는 기관의 도움을 받아 몇 년 만에 겨우 빚쟁이 생활에서 벗어난 적이 있다고 했었다.

늘보는 노숙인 시설에서 먹고 자는 사람 치고는 너무 깔끔하고 규칙적인 생활을 했기 때문에 왜 여기 있는지 모르겠다고 말하는 사람들이 있었다. 누군가는 늘보가 뭔가 죄를 짓고 도망쳐 온 것은 아닐까 의심하기도 했다. 하지만 그런 상황이라면 늘보가 사람들 앞에 나서는 연극과 영화에 출연하겠다고 했을 리가 없었다. 올레는 물에 뜬 기름처럼 다른 사람들과 달랐던 늘보가 무슨 계기로 서울역에 찾아와 노숙인 시설을 이용하게 된 것인지 따로 만나 물어볼 계획이었는데, 미처 그럴 틈 없이 이별하게 된 것이 너무 아쉬웠다.

늘보를 가장 아끼던 마당쇠는 거의 패닉 상태였다. 그렇잖아도 배가 나와서 많이 걸으면 숨이 차고 힘들다고 하던 마당쇠인데, 이날은 밤새도록 늘보가 갈 만한 곳을 찾아 뺑뺑이를 도느라 완전히 녹초가 되어 있었다. 몇 시간 뒤, 단원들이 있는 곳으로 야근을 마친 박 팀장이 차를 몰고 찾아왔다. 오기 전에 은하별을 찾아가 보고 왔는데, 연습이 끝난 후 혼자 집에 돌아간 은하별은 쿨쿨 자고 있더라고 했다.

"또치네 집에도 한번 가 보죠."

함께 가겠다며 박 팀장의 차에 올라탄 촌놈과 지연화, 항아리는 모두 말이 없었다. 박 팀장도 기운이 나지 않는지 한숨을 내쉬었다.

"다 실패했어. 실패했어…. 어떻게 주거 지원받은 세 사람이 다 문제가 생겼냐."

쓰러졌다고 하더라고요

늦은 밤 찾아간 또치네 골목은 외등이 부실한지 사위가 컴컴했다. 게다가 또치네 집은 이웃 간의 소음이 그대로 들리는 구조였기 때문에 일행은 공터에서 기다리고 촌놈과 항아리만

가서 또치를 불러내기로 하고 안으로 들어갔다. 또치네 도착한 촌놈이 먼저 문을 똑똑 두드렸지만 안에서는 아무 대답이 없었다. 마음이 급해진 촌놈이 힘으로 문을 밀었는데 문이 열렸다. 잠시 후 불이 켜지고 촌놈의 얼굴에도 불빛이 비쳤다. 다행히 방 안에는 또치가 있었다.

"뭐 해. 자고 있었어? 어디 아파?"

소곤거리는 촌놈의 뒤로 항아리가 안을 기웃거렸다. 자리에서 일어난 또치를 확인한 항아리의 얼굴이 반가움 반 걱정 반이 되었다. 옷도 제대로 입지 않고 자고 있던 또치의 얼굴이 안 좋아 보였기 때문이었다.

"약 먹었어? 잠깐 옷 입고 밖에 나와 봐."

촌놈과 항아리가 또치와 함께 골목길로 나서자 기다리던 일행이 반갑게 다가갔다. 어두운 외등 아래에서 또치의 얼굴을 제대로 보기는 어려웠지만 모기 우는 소리만큼 작은 목소리를 봐서는 확실히 몸이 안 좋은 듯했다.

"제가 쓰러졌었다고 그러더라고요."

"정말? 어디서, 어쩌다가?"

지연화가 놀라 물었다.

"수유에서 사람 좀 만나다가… 그냥 길에서 쓰러졌다고 하더라고요."

"병원은 가 봤어요?"

"병원 같은 거는 못 가니까… 의료 보험이 안 되니까."

"그럼 거기서 돌아온 뒤로 계속 누워 있던 거예요? 식사도 못했겠네 그럼?"

"그냥 중간에 물 같은 거 먹고…."

두 사람의 대화를 듣고 있던 박 팀장이 한숨을 팍 쉬더니 또치를 차로 이끌었다.

"일단 밥부터 먹자. 밥부터 먹고 얘기하자."

또치를 포함한 일행은 부근의 감자탕집으로 향했다. 밝은 식당 조명 아래에서 본 또치는 일주일 전에 비해 눈이 퀭하고 초췌한 모습이었다. 늘보와 또치의 일로 속이 탔던 촌놈은 옆에서 소주를 한 잔 들이켜고 나서야 숨을 돌렸는지 또치를 타박했다.

"너는 술도 안 먹는 놈이 밥이라도 챙겨 먹어야지. 이러고 있으면서 왜 연락은 안 받아!"

"그냥…."

"일단 좀 먹게 내버려두세요."

지연화가 감자탕을 떠서 건네주자 또치가 웃으며 그릇을 받았다. 그동안은 무슨 앙심이 있는 것처럼 어쩌다 센터에 와도 연습실에는 오지 않고 뺑소니를 치더니, 오늘은 오랜만에 만난 단원들이 반가운 모양이었다. 촌놈은 다시 소주잔을 비우더니 진작부터 벼르고 있었던 이야기를 꺼냈다.

"은하별 그놈은 지가 주인공인 줄 알았다 아니라고 하니까 행패를 부리질 않나…. 술을 너무 먹길래 못 먹게 하려고 나도 며칠 동안 술을 안 먹고 참았어. 그런데 술을 안 사다 주니까 막 협박을 하더라고!"

"저도 은하별 님 얘기는 들어서 알고 있는데 모르는 척하고 있었어요. 회의보다는 회식 때 얘기하는 게 좋을 것 같더라고요. 안 그러면 표적이 될 수 있으니까."

항아리의 말에 박 팀장도 동의했다.

"은하별은 따로 개인적으로 만나서 얘기를 해야 할 것 같아요. 다 같이 있는 데서 얘기하면 북한에서 자아비판하는 것처럼 보일 수도 있고 하니까요. 그리고 늘보는 뭔가 본인한테 문제가 있었던 거 같아요. 사실은 얼마 전에 그동안 저축하고 있던 걸 찾아갔어요."

노숙인 중에는 은행에 계좌가 있어도 채권 추심 때문에 돈을 입금하지 못하고 현금으로 몸에 지니고 다니는 사람들이 상당히 많았다. 이 때문에 범죄나 분실의 위험이 끊이지 않아서 사회 복지사들이 센터 이용자나 임시주거 지원사업 참여자들이 저축할 수 있도록 도와주고 있었다. 늘보도 그동안 자활 근로를 하면서 모은 돈이 있어 박 팀장을 통해 저축을 했던 모양이었다.

"저축한 거 찾아가고 나면 연락 끊고 사라지는 경우가 비일비재한데, 늘보는 원체 긍정적인 사람이라 의심을 안 했죠."

촌놈이 말을 보탰다.

"그놈은 그 돈 가져가서 흥청망청 쓸 놈은 아니야…. 그리고 아주 가 버린 건 아닌 게, 세간이 아무리 없어도 이사를 가는 건 티가 나거든. 방을 뺀 건 아니고 어디 다녀오는 게 아닌가 싶어."

늘보가 애써 임시주거 지원을 받아 얻은 방이 없어질까 촌놈은 그것부터 걱정인 모양이었다. 박 팀장도 촌놈의 말에 동의했다.

"기다렸다가 본인 얘기를 들어 보죠. 지금 다들 날카로운 상태고 너무 여유가 없는 거 같아요. 공연이 아니면 얼마든지 기다릴 수 있는데 지금 공연이 얼마 남지 않아서 걱정이죠."

촌놈이 문득 생각이 났는지 한창 밥을 먹고 있는 또치를 타박했다.

"임마 너도 나쁜 새끼야. 너 쓰러진 거 그거 영양 보충을 못 해서 그런 거야."

오는 길에 또치가 길에서 쓰러진 이유가 빈혈 때문이라는 말을 들었던 촌놈은 마치 자기가 잘못해서 또치가 굶고 다닌 것 같아 성질나는 모양이었다.

"너 내가 우리 모임 나와서 고기 먹으라고 했어 안 했어? 어른이 말하면 들어야지, 여자보다 말라서 되겠냐? 편식하는 건 은하별하고 늘보 그놈이 심했는데, 이놈은 먹는 것도 잘 먹으면서 저렇게 말라서. 에이."

촌놈의 말에 다들 새삼 또치를 쳐다보았다. 먹느라 바쁜 또치의 손목은 과연 맞은편에 앉아 촬영 중인 올레보다 가늘었다. 모두가 구박을 보태는데 촌놈이 마지막으로 한마디를 덧붙였다.

"사실 나도 요 며칠 밥 안 챙겨 먹고 있었는데, 아무도 걱정 안 해 주고 말이야…."

나도 떠날 거야

며칠 후, 올레는 은하별을 만나 인터뷰를 촬영했다. 지난번 탈퇴 선언 이후 처음 하는 인터뷰였다. 원래는 더 일찍 만나려고 했지만, 늘보의 일로 경황이 없는지라 은하별의 얘기를 듣는 일이 뒤로 밀려 버렸다. 둘이 만난 장소는 그가 모임 중에 탈퇴한다는 말만 남기고 먼저 가 버렸던 바로 그곳, 남산 공원이었다.

"마침 그때 우리가 앉았던 자리가 비어 있네요."

올레가 카메라를 세팅하고 나자 은하별이 기다렸다는 듯이 말을 꺼냈다.

"단독 인터뷰라 하는 말이지만, 사실 난 처음부터 대본이 마음에 안 들었어요."

어차피 은하별이 탈퇴를 선언한 배경을 묻고자 만난 자리였다. 올레는 은하별이 하는 이야기를 그대로 촬영했다.

"대본이 마음에 안 들었고, 에필로그는 도저히 안 되겠어서 고치라고 얘기를 했어요. 메모도 써서 줬는데… 자꾸 원작이 그렇다고 하니, 더 이상 어쩔 수 없어서 대사만 요구했지. 내가 얘기했으니 탈북자의 모습을 대본에 조명할 줄 알았어!"

작은나무가 일전에 말한 대본 수정 건을 지적하는 것 같았다. 결국 작은나무는 은하별이 요구한 내용을 넣지 않았다고 했다.

"어제도 텔레비전에서 탈북자가 나오는 다큐를 보니까 내가 얘기했던 탈북 과정이 다 나와서 아, 타이밍을 빼앗겼다 싶더라고. 아니 나 같은 탈북자가 다시서기 같은 밑바닥에서 연극하다 잘되면 얼마나 성취감이 있겠어! 그걸 작품에 넣으면 통일부나 탈북 단체에 어필할 수 있단 말이지!"

"선생님, 이 작품이 탈북이 주제인 연극이 아닌데 그 사연만

부각할 수는 없지 않을까요?"

참다못한 올레가 한마디를 하자 은하별이 답답하다는 듯이 말했다.

"내가 애들한테 소스를 준 거는 어느 한 장에 넣으라는 거지 전체를 바꾸라는 게 아냐! 내가 말한 내용을 내 캐릭터에 넣어 달라고 한 거지. 지금 연극 내용도 내가 제시한 건데 말이야."

"연극은 따로 원작이 있어요. 〈매직타임〉이라고, 처음에 항아리 님이 얘기했었어요."

"아, 그 얘기는 이번 연극이 내 아이디어라는 얘길 하면 융화에 방해가 될 거라 저렇게 얘기하는구나 했지."

"그럼 강사들이 이번 연극이 은하별 님 아이디어라는 걸 숨기려고 외국 원작이 있다고 얘기했다고 생각하시는 거예요?"

"난 그렇게 생각했어요."

더 이상 대본에 대해 얘기해 봐야 답이 뻔하다는 것을 느낀 올레는 늘보가 그만둔다고 한 것에 대해 어떻게 생각하는지 물었다.

"내가 보기에 늘보는 무대 공포증을 극복하지 못했어. 그리고 삶의 무대에서도 공포를 느낀 거지."

"선생님께서는 앞으로 극단 활동을 계속하실 건가요?"

"이번 공연 끝나고 곧바로 다음 일정이 잡히면 참가하고, 아니면 관둘 생각이에요. 노가다는 하기 싫고. 교회를 다니든지 해서 북한 예술을 간증해서 돈을 받고 싶은 생각이 있어요. 올레 쌤이 따라다니면서 계속 촬영해 주면 안 되나? 나를 주인공으로 말이지. 어디 단체 같은 데 연결해 주면 더 좋을 텐데."

올레가 사회 복지와 관련된 주제로 다큐를 찍다 보면 가장 흔히 듣는 부탁 중의 하나가 '나 좀 찍어 달라'는 것이었다. 노숙인 중에서는 용돈을 받으러 교회에 '짤짤이'를 하러 가면서 '카메라가 따라가면 목사님들이 잘 도와주니 같이 가 달라'는 사람들이 많았다. 이것은 심지어 기관에서 일하는 사회 복지사들도 마찬가지였는데, 후원자를 만나러 가는데 옆에서 촬영해 주면 효과가 좋을 것 같으니 함께 가자고 하는 식이었다. 이런 일은 말이 다큐 촬영이지, 카메라를 들고 '당신이 지금 후원을 거부하면 그 모습이 고대로 찍혀서 화면에 나올 거요'하고 협박하는 것이나 다름없었다.

언젠가는 한 정신 건강 시설의 시설장이 자기 시설을 배경으로 다큐를 찍어 달라고 부탁하길래, 올레가 '정신 건강 쪽이라 입소자들한테 초상권 허락을 받는 것이 어렵지 않을까요' 물었더니 '내가 찍으라는데 안 찍을 사람 없어요'라고 아무렇지도 않게 답해서 놀라기도 했다. 이 경우에도 카메라는 기록이나 예술을 위한 매체가 아니라 시설 입소자들을 상대로 휘두

르는 흉기나 다름이 없었다. 결국 몇 년 후 부산 국제 영화제에서 그 시설을 배경으로 한 다큐가 상영되는 것을 보고 올레는 쓴웃음을 짓지 않을 수 없었다. 좋게 말하며 거절하는 올레에게 '다큐를 찍어 방송까지 내보내 줄 수 있는 감독들을 알면 소개해 달라'고 붙잡더니, 영화와 방송이 후원을 받는 데에 과연 얼마나 도움이 되었을까 싶었다.

결국 은하별의 단독 인터뷰는 영화에 실리지 않았다. 솔직한 이야기였고, 감독이라면 당연히 쓰고 싶은 내용이었지만, 언젠가 은하별이 마음을 바꾸게 된다면 이런 인터뷰를 한 것을 후회할 것 같았다.

다음 연습일이 되었다. 박 팀장이 연습실에 나타나 늘보의 후일담을 전했다. 늘보가 탈퇴한다고 카페 게시판에 글을 쓴 이틀 후 박 팀장에게 전화가 왔고, 아주 잠시 만났다고 했다. 늘보는 연극과 사람들이 고맙고 감사하지만 떠나고 싶다고, 공연은 끝내고 싶었지만 계획을 앞당기게 되었다고 말했다고 한다. 박 팀장은 늘보가 이미 마음을 정리한 것을 느끼고 더 이상 잡지 않았다.

"늘보는 벌써 지방으로 이사를 했고요. 이 정도로 정리해야 할 것 같아요. 언제든 다시 온다면 환영하겠지만 일단은 우리가 해야 할 공연에 집중했으면 하고요. 저도 마음이 안 좋아요."

박 팀장의 말에 연습실에 모여 앉은 단원들은 한동안 말이 없었다. 마당쇠가 어렵게 입을 뗐다.

"알겠습니다. 연습해야 하니까 그만 가세요."

늘보가 왜 그만두었는지에 대해서는 그 후로도 한동안 많은 이야기들이 오갔다. 올레가 떠올린 유일한 단서는 지난 7월 24일 연습 시간에 늘보가 했던 말이었다. 창단 공연 때 무엇이 가장 힘들었는지 돌아가면서 이야기하는 자리였다.

"대사는 외웠지만 감정 표현은 잘 안되고, 긴장한 채 무대 올라가서 멍한 상태로 공황증이나 이런 게 생기면… 그런 마음이 항상 있어서요…. 만약에 여기서 공연을 하게 되면 이건 제가 도전하는 거라 제가 욕을 먹더래도 제가 책임지고 각오하고 도전하는 거니까…."

누구보다 성실했던 늘보는 다시 돌아오지 않았다.

4장
줄거리

4-1. 연극이 너무 와 버렸다

서부역 철로를 낀 후암동 후미진 곳의 낡은 건물 이 층에는 다시서기센터에서 운영하는 '성 프란시스 대학 인문학 과정' 교실이 자리 잡고 있었다. 여기서 관리 일을 하며 자활 근로 중인 시나브로는 매일 아침 여덟 시 반에 출근해 교실을 청소하고, 점심때 먹을 밥을 밥통에 안치는 것으로 하루를 시작했다. 올레가 찾아갔을 때는 막 설거지를 마친 참이었다.

"잠깐 앉아서 기다려요. 교실에서 얘기하죠."

'성 프란시스 대학 인문학 과정'은 노숙인을 위한 인문학 과정으로, 성공회대를 비롯한 여러 대학의 교수진이 과목별 강사를 맡아 철학, 예술 등을 가르치는 일 년 단위 교육 과정이었다. 미국에서 시작되어 『희망의 인문학』으로 전 세계에 알려진 얼 쇼리스의 '클레멘트 코스'를 우리나라에 맞춰 적용한 것으로, 다시서기센터에서는 2012년 당시 삼성의 후원을 받아 진행하고 있었다.

매년 3월부터 12월까지 진행되는 무료 과정에 등록하면 주 3회 저녁 정규 수업을 듣는 것 외에 매월 현장 학습을 가고 수련회와 졸업 여행 같은 프로그램에도 참여할 수 있었는데, 졸업 후에는 취업이나 주거 지원 등에 우선적으로 추천을 받았기 때문에 센터 이용자 중에 소문을 듣고 신청하는 사람이 많았다. 하지만 매주 수업에 빠지지 않고 연말까지 다녀서 졸업하는 것이 쉽지 않았기 때문에 졸업생이 많지 않았고, 따라서 졸업자들의 자부심도 남다른 편이었다.

시나브로는 성 프란시스 대학 8기 졸업생이었고 한때 대학을 다닌 적도 있다는 것을 알고 있었지만, 이날 따로 만나서 처음 알게 된 것도 많았다. 그중 하나는 그가 MBC 공채 탤런트 출신이라는 사실이었다.

"공채 탤런트요? 단역이 아니고 진짜 탤런트요?"

단역 알바를 하는 노숙인들이 많다는 것은 알고 있었지만 공채 탤런트라니, 올레가 깜짝 놀라 되묻자 시나브로가 실실 웃었다.

"안 믿는 것 같은데…."

"아니 공채 탤런트는 진짜 뽑히기 어렵잖아요. 어떻게 되셨어요?"

"연기 학원도 다녔고, 시험에 합격했어요. 근데 돈도 없고 해서 포기했지."

지금은 없어졌지만 방송국마다 전속 배우를 선발해 훈련시켰던 공채 탤런트는 매년 새로운 기수를 뽑았는데, 뽑히고 나면 다른 직장에 다니지 못하는 상태로 알아서 활동비를 마련해야 했다.

"제가 고등학교 때부터 학교 수업을 땡땡이치고 엑스트라 하러 다니고 그랬거든요. 대학도 연영과를 지원했다가 떨어져서 'MTM'이라는 유명한 연기 학원을 다녔어요. 그런데 거기서 카메라를 볼 때 시선을 회피하지 않는다고, 방송국 시험을 한 번 보라고 하더라고요. MBC에 시험을 보러 갔더니 좋아하는 여자한테 떨려서 말을 못하는 연기를 하라고 했는데, 원래도 말을 더듬는 걸 모르고 '실감 나게 연기 잘한다'라면서 뽑아 준 거죠. 그때는 지금처럼 마스크 좋은 사람이 많지 않았는데… 김찬우가 제 동기였어요."

시나브로는 자의 반 타의 반 탤런트를 그만둔 후에 기계 공학과에 입학해 학교를 다녔는데 군대에서 사고를 치고 돌아오면서부터 인생이 꼬이기 시작했다고 한다. 그 후의 행로는 파란만장해서 유아용품 회사, 사채업체 등 여러 직장을 전전했는데, 그중의 백미는 종교 단체에서 전도자로 일한 것이었다.

"쓸쓸한 기억인데… 이상한 종교에 빠져서 불쌍한 아가씨들 끌어들인 거… 대순진리회 아세요?"

"도를 아십니까, 아닌가요?"

극단에서 가장 냉소적인 시나브로가 전도자로 일했다니 도무지 상상이 되질 않았다.

"처음엔 남들과 똑같이 전도했는데 답이 없더라고요. 그래서 나만의 방식을 만들었죠. 정말 그물에 걸린 물고기처럼 걸려들었어요. 하루에 최고 많이 한 게… 연락소에 하루 네 명을 데려온 적이 있어요. 내일모레 약혼식인 아가씨를 데려온 적도 있었죠."

"그렇게 전도를 잘하셨다는 건 그 종교에 정말 푹 빠졌었나 봐요."

"아니에요. 저는 안 빠졌죠. 제가 깊게 빠진 건 연극이 처음이에요."

며칠 전 연습 때 박 팀장이 늘보가 지방으로 떠났다는 이야기를 한 뒤로 시나브로가 잠을 제대로 못 잔다고 했던 것이 떠올랐다.

"정말이에요. 누가 또 삐져서 도망갈까 걱정돼서 잠이 안 와요."

올레는 문득 그가 노숙인 극단의 앞날에 대해 어떻게 생각하는지 궁금했다.

"시나브로 님이 보시기엔 어때요? 연극을 하면서 사람이 변할 수 있을까요? 어떤 분은 연극을 하면서 치유되는 느낌이라고 하시잖아요."

"저는 치료는 안 믿어요. 자기가 알아서 할 일이지. 금방 되는 것도 아니고. 솔직히 이 바닥까지 굴러온 사람들이 변한다

143

는 게 쉽지 않아요. 갈 데까지 간 사람들인데. 관심사는 오로지 술과 도박뿐이고. 이 사람들이 감동할 정도면 일반인들은 쓰러져요."

시나브로의 분석은 나름 타당성이 있었다.

"처음 연극하겠다고 왔을 때 어떤 마음가짐이었는가가 중요한 거 같아요. 심심해서 온 사람도 있고, 여기 오면 먹을 게 있을까 해서 온 사람도 있을 텐데, 이런 사람들은 금방 떠나겠죠. 센터 소개로 자활 근로나 공공 근로 같은 걸 할 수 있을 땐 그래도 괜찮은데, 그 기간이 끝나면 알아서 취직을 해야 하니까 궁지에 몰리게 되고 연극도 놓게 되겠죠. 모여서 연극할 때야 좋지만 사방이 막히면 어떡하겠어요. 도망치는 거지."

그는 한 번도 노숙해 본 적이 없다고 했다. 집도 없고 돈이 떨어졌을 때 숙대입구에 왔다가 우연히 다시서기센터를 알게 되어 신세를 지게 되었다고 했다.

"늘보 님이 떠난 거에 대해서는 어떻게 생각하세요?"

걔는 그게 끝인 거 같아

올레의 질문을 받은 시나브로는 복잡한 표정이 되더니 잠시 후 입을 열었다.

"연락이 왔어요. 선생님들한테 인사나 하고 가라고 했는데 안 한다고 하더라고요. 냉정한 면이 있더라고. 잘하는데 아까워요. 개는 거기가 끝인가 봐요."

늘보와 시나브로는 첫 장면부터 싸우면서 등장해 공연 내내 갈등하다 막판에 화해하는 역이라 전체 연습 외에도 둘이 만나 대사를 맞춰 본다고 했는데, 그래서 따로 이야기를 들을 수 있었던 모양이었다.

"일하면서 잘 살겠죠. 그나마 지금 결단한 게 고마워요. 공연 일주일 전에 갑자기 그랬으면 난리 났겠죠. 고거 하나는 잘했어요."

"시나브로 쌤은 어떻게 하실 거예요? 이번 공연 후에도 연극을 계속하실 건가요?"

"저는 너무 와 버렸어요. 연극이 너무 와 버렸어. 연필통이 안 좋은 일로 없어지면 슬플 거 같아요. 여자 친구가 날 버린다고 해도 슬프지 않을 것 같은데 연극을 못 한다면…."

문득 먼 데로 시선을 돌린 시나브로가 말을 이었다.

"제가 좀 더 일찍 정신 차리고 그랬으면 되는데… 에휴, 모르죠. 정신 차렸으면 그쪽 계통 안 나갈 수도 있지. 여유가 있으면… 뭐 그런 거 같아요."

피식 웃고 마는 시나브로의 말끝에 작게 회한이 묻어 나왔다.

늘보의 부재로 연습이 제대로 되지 않는 바람에 생긴 공백을 반가워하는 사람이 있었다. 대사를 다 외우지 못한 탐진치였다. 탐진치는 인터뷰를 요청하는 올레에게 자기가 일하는 서울강서방화 지역자활센터로 찾아오라고 했다. 자활센터는 김포공항 바로 앞, 상가 건물에 위치해 있었고 탐진치는 인근 업체에서 나오는 재활용품 중 판매가 가능한 것들을 분류하는 일을 하고 있었다.

"불쌍하게 보여야지. 불쌍하게 보여야 누가 도와주지."

센터에서 촬영 허가를 받은 올레가 탐진치가 일하는 모습을 찍기 위해 카메라를 꺼내 들자 다른 팀에서 일하던 사람들이 궁금했는지 한 번씩 들러서 무슨 촬영이냐고 물어보았다. 평소 잔뜩 멋을 내고 연극 연습을 하러 올 때와는 딴판으로 낡은 티셔츠와 반바지 차림인 탐진치는 올레가 자기를 주인공으로 다큐멘터리를 찍고 있다며 최대한 불쌍하게 보여야 한다고 너스레를 떨었다.

"그래요? 까만 거 묻혀 줄까 얼굴에? 얼굴에 이렇게 까맣게?"

함께 일하는 동료 중 한 중년 여성이 장난스럽게 말하자 탐진치가 일어나 가방을 뒤지더니 대본책을 꺼내 보여 주었다. 취미로 연극을 하고 있고, 이 연극은 영화로도 만들어질 거라는 배경 설명까지 소상히 이어 갔다.

"무슨 역을 맡았는데?"

"성추행범 역할이야."

"에에? 그럼 좀 더 젊어야 하는 거 아냐?"

탐진치의 농담을 동료가 진담으로 받아들이는 것 같아 올레가 사실을 말해 주었다.

"원로 배우 역할이에요. 거기 대본에 '유명세'라고 나오는…."

"유명세? 이름이 유명세예요? 이게 대사인가? '아이고 계단이 너무 가파르네….'"

촬영 중인 카메라를 아랑곳하지 않고 대본책에 적힌 탐진치의 대사를 읊어 보인 동료는 신기한지 몇 번이고 대본을 앞뒤로 들춰 보았다. 탐진치도 관심이 싫지 않은 표정이었다.

근무표는 오전에 대기하다 오후에 두 차례 분류 작업을 하게 되어 있었다. 자활 근로의 성격상 일이 있든 없든 자리는 지켜야 하니 휴게실에서 보내는 시간이 많았다. 탐진치는 매일 들고 다니는 것이라면서 영어 회화 교재를 올레에게 보여 주었다.

"대사는 안 외우시나요?"

"영어는 매일 하거든 내가. 습관처럼 조금이라도, 단어 한 자라도. 그런데 이거는, 이상하게 산만하면 안 되더라고."

탐진치가 아까 동료에게 보여 준 대본책은 어느새 덮어서 가방에 넣어 둔 상태였다.

"어떻게 영어랑 인연이 깊으세요?"

올레가 물었다.

"직장. 비행기 십육 년 탔어."

애들은 다 거지들이야

탐진치는 자활센터 앞 놀이터로 향했다. 놀이터 앞 김포공항 방면으로는 탁 트인 하늘이 펼쳐져 있었고, 지금 막 이륙한 비행기가 서쪽을 향해 고도를 높이는 모습이 보였다.

"보여?"

탐진치가 전해 준 과거는 화려했다. 대한항공에서 운항 승무원으로 일했던 그는 나중에 유명 연예인이 된 이승연 같은 스튜어디스들과도 함께 일했지만, 더 이상 진급이 안 되자 항공사를 그만두게 되었다. 그리고 미국에 가서 자리를 잡겠다고 부인과 아이들까지 모두 데리고 떠났는데, 사업 실패 후 가진 돈을 모두 잃고 한국으로 다시 돌아오고 말았다. 부인은 위자료도 필요 없다며 이혼을 요구했고, 빈털터리가 되어 어머니의 집에서 은둔형 외톨이로 지내던 그는 신문 기사를 보고 다시서기센터를 찾아갔다. 한동안 센터 생활을 하던 그는 방화동에 있는 임대 주택을 지원받았고, 현재 일하는 자활센터도 소개받아 이 년째 일하고 있다고 했다.

"솔직히 성격이 좀 까칠하시잖아요. 어떻게 서비스직에서 일하셨어요?"

올레의 질문에 그는 기다렸다는 듯이 대답했다.

"망가지니까 이렇게 된 거야. 주위 사람들 짜증 나고 밑바닥 사람만 상대하니까. 아까 나랑 얘기한 아줌마한테 음료수 줬잖아? 난 그것도 아까운 거야. 여기 있는 애들은 평생을 거지로 살고, 얻어먹고 살아서 전혀 고마운 걸 몰라."

"선생님도 전에는 잘사셨잖아요. 다른 사람들도 예전엔 가난하지 않았을 수도 있지 않아요?"

"아냐, 얘기 들어 보면 다 식모살이, 중국집 배달부, 구두닦이, 평생을 그렇게 살아온 애들이야. 그러니 내가 그 사람들하고 뭘 하겠어. 딱 간격을 두는 게 낫지. 인사도 안 해, 인사도. 여기서 옷 갈아입고 작업하는 사람은 나밖에 없어."

올레는 더 이상 할 말이 없었다. 탐진치가 극단의 다른 배우들을 은근히 무시하는 건 알고 있었지만 직장에서는 더 심한 모양이었다.

"그러니까 내가 연극하고 공부하고 하는 거야. 나는 갈 데 없으면 무조건 도서관에 가 있어, 끝날 때까지. 어떤 날은 하기 싫을 때 있잖아? 그러면 술 먹으러 가는 거야. 술 먹으면서 밤 한 시, 두 시까지."

"그렇게 살면 너무 외롭지 않아요? 친구 중에는 연락되는 분들 없어요?"

"내가 전에 신문에 한 번 나왔는데 동창한테서 전화가 왔어. 야, 개새끼야, 너는 노숙 생활도 안 했는데 왜 노숙자라고 신문에 나왔냐고. 막 뭐라 하는 거야. 나야 전혀 상관없었지. 걔들이 나 챙겨 줄 것도 아닌데. 나보고 거지 근성이라고 하길래 인정했어. 해 보니까 좋더라고. 밥도 공짜고. 다 해 주고. 때 되면 김치 주고. 그때도 다시서기센터에서 다들 신세 지고 있으면서 사진은 안 찍으려고 해서 날 찍으라고 했었지."

"이번에도 알아보는 사람 있을지 모르는데 영화에 나가는 건 괜찮으시겠어요?"

"거지가 거지꼴 찍는 데 숨길 게 뭐 있어?"

거지꼴임을 자부하던 탐진치는 퇴근 시간이 되자 완전히 변신했다. 촬영용이라던 낡은 티셔츠와 반바지를 벗고 검정 니트를 차려 입으니 키가 크고 마른 체형이라 그런지 옷태가 살았다. 여기에 검정 뿔테 안경까지 걸쳐 쓰니 막 은퇴한 학교 선생님 같아 보이기도 했다. 작은 서류 가방까지 집어 든 그는 연습 시간을 맞추기 위해 분주히 서울역으로 향했다.

밀가루

사라진 늘보를 찾아다니던 단원들이 혹시나 하는 마음에

또치네 집에 가 본 일은, 어찌 보면 늘보가 또치를 도운 것 같기도 했다. 당시 빈사 상태였던 또치는 몸만 아픈 게 아니라 정신적으로도 많이 지쳐 있었다. 취직에 번번이 실패한 데다 몸도 아프다 보니 우울감이 깊어지며 극단적인 생각까지 하던 참인데, 때마침 단원들이 들이닥친 것이었다.

겨우 몸을 추스르고 센터에 나온 또치를 지연화가 따로 만났다. 그 자리에서 또치는 일을 못 하고 있으니 기초 수급이라도 받고 싶은 마음이지만, 막상 수급을 받으면 너무 처지고 다시는 일을 못 하게 될까 봐 두렵다고 했다. 사실은 일을 하고는 싶지만 이제는 뭘 하고 싶은지도 모르겠고, 그냥 얼마 안 되는 남은 돈이나 다 써 버리고 그만 포기하고 싶다고 말하는데, 주체할 수 없을 만큼 눈물이 줄줄 흘렀다고 했다.

지연화는 또치가 위기 상황에 빠져 있음을 파악하고 먼저 병원 진료를 받을 수 있도록 했다. 아무런 전조 없이 길에서 쓰러졌다는 것을 봐서는 다른 심각한 병이 있는지 확인할 필요가 있었다. 검사 결과 다행히 뇌에는 이상이 없었지만, 극도로 허약한 상태에 5급 시각 장애가 있고, 허리 디스크를 비롯한 지병도 있어 진단서를 첨부해 기초 수급을 신청해 보기로 했다. 혹 조건부 수급이라도 받을 수 있으면 그것만으로도 다행이었다. 일단 의료 급여 수급권자로 지정되어 건강 보험을 되살린 것만으로도 언제든 병원에 갈 수 있게 되었다는 안도감에 또치의 얼굴이 많이 밝아졌다.

"부담 주지 않을 테니까 연습할 때 나와."

연습 날 센터 입구에서 우연히 만난 항아리가 은근하게 달래자 또치도 항아리가 하는 말을 수긋이 들었다.

"배우는 스트레스가 심해서 못 한다 싶으면 스태프를 해 줘도 좋을 것 같아. 무대 뒤에서 형님들 등퇴장할 때 소품만 챙겨 줘도 실수가 없잖아. 또치가 그런 데 딱 적임자인데."

"생각해 볼게요."

선선히 대답한 또치가 그 서슬에 같이 연습실로 향했다. 연습실에서 항아리를 기다리던 단원들이 또치를 보고 반가워했다. 어색해하던 또치도 마당쇠와 촌놈을 향해 웃음을 보였다.

공연을 이십 일 앞둔 10월 11일은 특별한 손님이 찾아오기로 한 날이었다. 늘보가 사라진 지 일주일째, 더 이상 기다리기 어렵다고 판단한 강사진은 늘보가 맡고 있던 이정상 역의 대역을 찾았다. 항아리의 선배이자 전문 연극배우인 이현호 배우였다.

"안녕하세요? 앞으로 밀가루라고 불러 주세요."

하얗고 뽀얀 피부마저도 늘보와 닮아 '밀가루'란 별명을 고르게 된 이현호 배우는 연습에 오기 전에 대본을 받아서 읽어

본 상태였다. 한번 합이나 맞춰 보자며 다른 배우들과 대사를 맞춰 보는데, 마치 처음부터 이정상 역을 해 왔던 것처럼 자연스러웠다. 대사를 주고받던 촌놈은 항아리가 컷을 외치자 저도 모르게 감탄을 했다.

"허, 역시 프로는 다르구먼."

"그런데 왜 우리 공연에 참, 참여하기로 했어요…?"

상대역인 늘보를 대신해 전문 배우가 왔다는 사실에 잔뜩 긴장한 시나브로가 갑자기 말을 더듬기 시작했다. 밀가루가 잠시 생각하더니 차분하게 대답했다.

"그동안 익숙한 사람들하고만 공연을 했던 거 같아요. 대학로나 저희 극단에서 공연하다 보면 다 비슷하거든요. 성향도 비슷하고 나이도 비슷하고… 근데 다양한 선생님들과 작업을 하는 게 저한테 많은 자극이 되고 좋은 계기가 될 것 같아 왔습니다."

시나브로의 표정이 조금 풀어졌다. 여전히 말을 더듬었지만 신이 난 얼굴이었다.

"아유, 잘 오셨습니다. 여기 아주, 여기 아주 재미난 사람들 너무 많아요. 새로운 자극이 될 겁니다."

시나브로가 보란 듯이 마당쇠를 가리켰다. 가만히 있던 마당쇠가 내가 뭐, 하는 표정으로 두리번거려 다들 킥킥대며 웃었다. 밀가루와 가까워지기 위해 쉬는 시간에 오랜만에 이미지 게임도 했다. 마당쇠가 먼저 술래가 되었다.

"자, 제일 똥고집일 것 같은 사람, 하나 둘 셋!"

신호와 함께 둥그렇게 앉은 사람들이 모두 시나브로를 가리켰다. 시나브로의 얼굴이 벌겋게 달아올랐다. 지목을 당한 사람은 다음 술래가 되어 문제를 냈다.

"술 잘 먹을 거 같은 사람, 하나 둘 셋!"

이번엔 의견이 갈렸다. 누군가는 촌놈을 지목했고, 오늘 처음 단원들을 본 밀가루는 배가 남산만 한 마당쇠를 조심스레 지목했다. 마당쇠는 은하별을 가리키며 큰소리로 외쳤다.

"이 형님 오늘도 술 먹고 왔어!"

지목당한 은하별의 표정이 차갑게 변했다. 분위기를 수습하기 위해 얼른 다음 문제로 넘어갔다. '술 먹으면 그냥 잘 사람'에 항아리가 지목되자 모두가 함께 웃었다.

바퀴가 빠졌다

밀가루가 투입된 것은 강사진에게도 큰 힘이 되었다. 다만, 회의를 위해 다음 날 항아리를 만난 작은나무는 배역의 이름을 바꾸길 원했다.

"늘보한테 맞춰서 '이정상'이라고 이름을 지었고 지금까지 그렇게 연습해 왔는데 다른 사람이 연기하니까 왠지 거슬렸어요."

"거슬리면 바꿔도 돼. 그런데 배우들은 벌써 그 이름이 익숙할 텐데 바꾸려면 합당한 이유가 있어야겠지."

항아리의 지적에 작은나무가 한동안 말이 없더니 촬영 중인 올레에게 솔직한 심정을 드러냈다.

"이미 늘보 님이 빠졌을 때 공연이 완벽하기는 글렀다고 우리끼리 얘기했었어요. 바퀴가 빠진 거 같은 거예요. 원작에서는 평범한 배우들이 햄릿을 연기하는 설정이니까 누가 와서 대신 연기해도 상관이 없었죠. 그런데 우리 대본에는 원래부터 늘보를 보고 쓴 '이정상'이 나오기 때문에 아무리 잘하는 사람이 와서 연기를 해도 우리가 처음 생각한 그 인물이 백 퍼센트 안 나오는 거예요. 그래서 차라리 이름을 바꾸고 늘보의 흔적을 없애고 싶었던 거 같아요."

"늘보가 그만둔다는 소식을 들었을 때 어땠어요?"

올레가 뒤늦은 질문을 던졌다.

"전날 표정이 너무 안 좋아서 피곤한가보다 생각했었거든요. 화는 안 났어요. 저는 다른 사람들이 늘보한테 뭘 어떻게 했나 생각했어요."

"제가 보기엔 대본이 늘보를 좋게 보는 것 같았어요."

"'이정상'이라는 이름이, 정상이고 멀쩡한데 사실은 약한 사람, 소심하고 인간적인 사람을 생각하면서 지은 거였어요. 늘 보도 이정상 캐릭터에 본인의 모습이 담긴 걸 좋아했어요. 그런 걸 싫어하는 배우도 있는데 말이죠. 얼마 전엔 그냥 평소에도 이정상이라고 불러 달라고 했는데… 우리한테 타격이 클 걸 알면서 얼마나 힘들었길래 그랬나…."

작은나무는 더 이상 말을 잇지 못했다. 어느새 눈에 고인 눈물을 훔치는 작은나무에게 항아리가 휴지를 집어 건넸다. 작은나무가 가라앉은 목소리로 덧붙였다.

"연극할 때 배우 교체를 많이 봐서 익숙한데도 다른 때보다 마음에 많이 남네요."

뒤늦게 연습에 참여한 밀가루는 다시서기센터는 물론이고 노숙인 시설을 생전 처음 와 봤다고 했다. 다음 연습이 있었던 10월 19일, 밀가루를 위해 우대경 사회 복지사가 직접 센터를 안내했다.

지하 일 층 연습실에는 단체 무료 급식을 하는 식당, 그리고 사물놀이 패와 극단 연필통이 돌아가며 연습실로 쓰는 프로그램실이 있었다. 여기서부터 계단참으로 이루어진 일 층을 지나 올라가면 이 층에는 각종 행정과 민원 업무를 처리하는 접수실이 있었다. 이곳에서는 임시주거나 임대 주택을 지원하는 주거복지사업과, 자활사업이나 구직활동을 지원하는 일자리 지원사업을 하고 있었다.

삼 층부터는 입소자들을 위한 시설로, 삼 층 입구에는 센터에 입소하려는 사람들을 위한 접수실이 별도로 마련되어 있었다. 이곳에서는 입소 상담도 하지만 주민등록이 말소된 사람들을 위한 복원사업이나 다른 기관과의 연계를 도와주는 상담도 지원했다. 센터를 이용하려는 사람들은 이곳에서 입소 등록을 마친 후에야 침상을 배정받고 저녁 급식과 야간 잠자리를 이용할 수 있었다. 센터에는 이미용실과 샤워실, 세탁실 등이 있어 돌아가며 사용을 했는데, 일종의 단체 생활이다 보니 기본적인 규칙을 지켜야 해서 여기에 적응하지 못하거나 술을 참지 못하는 사람들은 센터 생활을 못하고 밖으로 돌기도 했다.

센터를 둘러본 후 지하로 돌아온 밀가루와 우대경 복지사는 마침 저녁 식사 준비가 한창인 식당을 통과해 연습실로 향했다. 우 복지사가 식당의 자원봉사자들에 대해 소개했다.

"조리는 영양사님과 자활 근로하시는 분들이 맡지만 배식은 자원봉사자 분들이 도와주세요. 밥하고 국, 반찬이 있으니까 한 끼 배식할 때 많으면 일고여덟 명, 적어도 서너 명은 필요하거든요. 자원봉사자는 단체나 학교에서 많이 오는데 숙대가 가까워서 숙대생도 많이 오고, 가끔은 외국인 단체에서도 와요. 아무래도 보육원이라든지 노인 시설에 비하면 노숙인 시설을 어려워하는 게 있는 거 같아요."

연습이 시작되기를 기다리는 동안 올레가 밀가루에게 극단 연필통에 대해 어떻게 느꼈냐고 물었다. 밀가루는 아직은 카메라가 낯설어서인지 멋쩍게 웃더니 진지한 표정으로 대답했다.

"대학로든 동아리든 연극을 하는 원동력은 재밌고 좋아서인 거 같아요. 딴 데서는 느끼지 못하는 즐거움이죠. 쉽지 않은 여건에서 용기를 내는 데 정말 박수 쳐 드리고 싶어요."

"지금 상황이 많이 안 좋은데 잘할 수 있을까요?"

밀가루가 사라진 늘보의 대역인 만큼 어느 정도는 상황을 파악하고 있으리라 생각하고 올레가 물었다. 그는 차분하게 대답했다.

"지난번 공연도 쉽지는 않았다고 들었어요. 그래도 다시 모여 이렇게 공연하시는 거 보면서 우리가 느끼는 감정이 똑같구나, 참여한 사람들의 마음이 프로와 다르지 않다 싶더라고요. 사실은 대학로 연극인들이 힘들다고 하지만 이분들과는 상황이 다르고, 상상하는 것만으로도 실례가 아닐까 싶기도 해요."

그의 말은 너무 결이 곱고 아름다워서 결국 영화에 담기지 않았지만, 대신 올레의 마음에 깊게 남았다.

"저는 우리 작품이 잘 나올 것 같아요. 마지막까지 열심히 하고, 즐거워할 것 같아요."

공연은 이미 성공했어요

극단 연필통이 창단된 후 시설에서 나가 독립을 시도했던 늘보와 은하별, 또치가 줄줄이 문제를 일으키면서, 센터에서 연극 활동을 담당하는 박상병 팀장의 어깨도 무거워졌을 것 같았다. 올레는 극단의 상황과 앞날에 대한 생각을 듣기 위해 박 팀장에게 단독 인터뷰를 요청했다. 늘보가 사라지기 며칠 전 다리를 삐끗해 목발을 짚고 다녔던 박 팀장은 다시서기센터 회의실에서 촬영에 응했다.

"어떤가요, 아무래도 활동하는 단원이 줄어드는 것은 문제가 되는 거죠?"

"실적에 영향을 미칠 수는 있는데… 지금의 방향이 맞는 거 같아요. 떠나는 것도 당연하고요. 남아 있는 사람들이 이 상황을 받아들여서 스스로 치유하고 또 새로운 사람을 포용할 수 있는 게 중요한 거 같아요. 공연에 너무 연연하지 말고요. 저는 공연은 안 했지만 이미 성공한 것 같아요."

"지금 이 상황이요?"

늘보와의 이별을 누구보다 아쉬워하던 박 팀장이 뜻밖에도 상황을 긍정적으로 평가하고 있었다. 올레는 내친김에 껄끄러운 이야기를 꺼냈다.

"밖에서 보기엔, 노숙인 센터에 모인 사람들이 연극을 하고 있어서 그중에 방 없는 사람들에게 주거를 지원해 줬더니 거기서 살지 않고 떠났다, 그러면 그 모습이 안 좋게 보이지 않을까요?"

박 팀장은 이미 이 문제를 오랫동안 생각했던 것인지 길게 답했다.

"노숙인이라는 표현에는 사회적인 편견도 붙지만, 당사자들에게도 몰락을 의미하는 상처가 되거든요? 다른 사람들이 노숙인이라고 평가해도 본인들은 '나는 노숙인이 아니다' 하시는 경우가 대부분이에요. 상황을 바꾸기 위해서는 현재의 자신을 인정하는 것부터 시작해야 하는데 약자일수록 상처가 깊고, 앞으로 나가는 것이 힘들죠.

저는 우리 선생님들이 연극을 하면서 의외의 모습을 보여 주는 게 오히려 좋은 일이라고 생각해요. 일단 처음에 외면적인 것들이 풀어지는 게 굉장히 성공적이었고, 다들 열정적으로 연극에 참여하셨죠. 그러다 어느 한순간 속에 묻어 둔 더 깊은 상처가 드러나고, 관계가 긴밀해지면서 진짜 모습을 보여 줘야 할 때가 되니까 힘들었던 거 같아요. 저도 현장에서 오래 일했지만 거리 상담을 할 때는 이런 단계까지 가 본 적이 없었어요. 정말 깊은 상처를 보고 공유하게 되었을 때 그분들이나 제가 어떻게 변할지 모르지만 이 과정 자체는 긍정적인 거라고 생각해요."

박 팀장은 처음 연극 교육을 기획했던 때를 떠올리며 이야기를 이어 갔다.

"우리가 주거 지원을 해 드려도 실패하시는 분들은 항상 있어요. 심리적인 문제 때문에 스스로 고립되거나 트라우마가 심해지는 경우도 있고요. 그래서 연극 같은 문화적인 매개를 이용해서 자신을 표현하는 걸 권하게 되었죠. 극단 연필통 같은 경우는 그런 문화 활동이 자조적인 모임으로 발전하게 된 경우예요.

사실 처음 시작할 땐 센터에서 전혀 지원이 없었어요. 하루는 무료 연극 공연을 보고 돌아오려는데 차비가 없는 분들이 계신 거예요. 이런 상황에서 연극이 무슨 의미가 있나 싶더라고요. 그래도 극단 프락시스가 서울시 문화예술교육지원을 받게 되면서 연극 관련한 비용을 지원받게 되었고, 저희는 연습할 때 지하 식당에서 먹는 식비라든지 단체 관람에 필요한 교통비를 지원하고 있죠."

"앞으로의 전망은 어떻게 보고 계시나요?"

지원을 받아 센터 식당을 이용할 수 있었던 연필통 단원들.

　"예전에도 노숙인 시설에서 진행되는 연극 교육이 없지는
않았어요. 그런데 예산이 나오는 일 년 동안만 진행되고 끝났
죠. 전처럼 그러지 않았으면 좋겠어요. 상처가 있어서 떠난 사
람들이 다시 돌아와서 더 깊이 있는 활동을 할 수 있으면 좋겠
어요.

　사실 가난한 사람들에게는 선택권이 없어요. 다양한 개성
을 가진 사람들이 부담 없이 참여할 수 있는 문화 활동이 필요
한데 이분들한테는 연극밖에 없는 거죠. 특히 노숙이라는 건
굉장히 큰 상처가 되는 기억이고 한번 빠지면 꺼내기 엄청 힘
든데, 그런 걸 연극을 통해 자연스럽게 풀어낼 수 있을 거 같
아요."

　"그럼 어떤 식으로든 극단 활동이 계속되기를 기대하고 계

시는군요?"

"네, 안정적으로 꾸준히 진행되면 좋겠고… 물론 실적 중심으로 보면 지원하기 껄끄러울 수도 있어요. 심리적인 변화를 데이터화시키는 것도 어렵고… 가치를 보고 지원해 줬으면 하는 거죠."

죽을 때까지 연극했으면 좋겠어

10월 17일, 공연이 이 주 앞으로 다가오자 항아리는 연습실 벽에 리허설 일정과 공연장 도면을 붙였다. 10월부터 거의 매일 밤마다 배우들이 자발적으로 모여 연습을 해 왔지만, 이제는 오후에도 연습 일정을 만들어 시간이 되는 사람끼리 먼저 모여 각 장별 연습을 하고, 밤에는 전체 연습을 하는 것으로 일정을 짰다.

연기 연습 외에 기술적인 부분도 준비해야 했다. 항아리는 공연을 일주일 앞둔 24일 음향과 조명 스태프가 참여한 가운데 '런 스루(Run-through)'를 하게 될 것이니 그 전까지 모든 배우가 대사를 완벽하게 외워야 한다고 공지했다. 런 스루는 실제 공연처럼 처음부터 끝까지 끊지 않고 진행하는 예행연습을 말하는데, 런 스루를 하면서 전체 러닝 타임(running time, 공연 시간)을 재어 봐야 음악이나 무대 진행 등을 맞출 수 있기 때문에 대사가 틀려서 시간이 지체되거나 하면 안 된다는 것이었다.

문제는 탐진치였다. 그 주가 지나고 공연이 채 열흘도 남지 않았을 때까지 여전히 대사를 외우지 못했다.

"형님 어떻게 할 거야! 대사를 외워야지! 외우기 힘들면 내용을 파악해서…"

연습 중 쉬는 시간에 센터 현관에서 탐진치와 마주친 시나브로가 화를 냈다.

"다 외웠어."

"외우긴 뭘 외워! 내용을 파악해서 어긋나지 않게만 하시라고."

시나브로가 열을 내자 곁에서 담배를 피우고 있던 마당쇠가 툭 던지듯이 말을 보탰다.

"거 유명세가 제일 못하는 거야…"

극 중에서는 유명세한테 혼나는 역할이었지만 최근 연기에 물이 오른 마당쇠는 연습할 때마다 항아리에게 칭찬을 듣고 있었다. 당연히 대사는 모두 외운 상태였다. 시나브로는 두 사람에게 재차 강조했다.

"아니 5장에서는 진짜 유명세하고 마영호가 주인공이니까요. 유명세가 막 세게 나가고, 마영호가 억눌려서는, 응? 그

164

런 걸 해야 우리가 '아, 큰일 났다 어떻게 하나' 이렇게 하는 거라고."

답답하다는 듯이 언성을 높이는 시나브로 앞에서 탐진치는 난처한 표정이 되었다.

밀가루의 환영회를 겸하여 열린 뒤풀이에서도 타박은 이어졌다. 화기애애한 가운데 시나브로가 지난번 창단 공연에 대해 자랑을 하다가 나온 얘기였다.

"우리가 지난번 공연한 이후에 다른 데서 공연해 달라고 요청도 들어오고, 신문 인터뷰도 했었다니까요."

창단 공연 때 인터뷰에 응했던 탐진치가 나섰다.

"언론 플레이도 하고 매스컴을 타는 게 굉장히 중요하다고. 나는 연극을 해서 인생이 바뀌었다 이렇게 오버액션도 하고."

"제일 문제는 형님이야… 대본이나 외워 진짜!"

연습할 때마다 탐진치 때문에 맥이 끊기는 것에 짜증을 내던 은하별이 한마디를 했다. 그러자 머쓱해진 탐진치가 말을 돌린다고 한 게 오히려 불씨를 당겼다.

"아니 우리는 취미로 하는 건데 시나브로가 너무 부담을 줘…."

이 말에 시나브로가 가만히 있을 리 없었다.

"형님! 나는 취미로 할 거면 안 했어! 나는 이게 마지막 희망

이야. 내년에 사정이 생겨서 못 하면 그 후에라도 할 거야. 회비도 계속 낼 거고!"

술 때문인지 시나브로 때문인지 흐뭇해진 촌놈이 말했다.

"그 열정은 정말 본받고 싶어. 우리 연필통은 나 죽을 때까지는 하자구."

촌놈이 꺼낸 말에 순간 분위기가 짠해졌다. 작은나무가 말했다.

"제가 칠십이 됐을 때 촌놈 님처럼 할 수 있을까 생각하면 정말 대단하신 거 같아요."

나름 분위기를 살리려고 한 말인데 촌놈은 이미 감상에 젖은 듯했다.

"그러고 보니 작은나무가 칠십이 됐을 땐 내가 없겠네."

도무지 살릴 길 없는 분위기를 깨뜨린 건 마당쇠였다.

"우리같이 없는 사람들한테 연극 가르쳐 주는 게 정말 힘든 거야. 나는 요새 유명세가 오든지 말든지 하게 되더라고. 내 스스로 기특해. 내 머리 갖고 될까, 걱정도 됐는데. 사실 재작년에 대출받은 게 있었는데 그것도 올해 갚았고, 막 가는 인생이지만 해 보자 하는 거지!"

다들 박수를 치며 환호해 주자 탐진치도 각오를 다졌다.

"좋아, 내가 다음 연습에 대사 못 외우면 사람 새끼도 아니야!"

166

초대

10월 24일은 공연을 딱 일주일 남겨 둔 날이었다. 이날 연습실에서 진행된 런 스루에는 강사진이 섭외한 음악/음향 스태프인 앵콜과 조명 스태프 이효가 참여했다. 〈이문동네 사람들〉에서도 음향을 맡았던 앵콜은 헷갈리기 쉬운 큐(cue) 신호를 쉽게 알려 줘서 배우들이 특히 좋아했다. 앵콜이 준비한 반주에 맞춰 노래방에서 〈베사메무쵸〉를 부르는 장면을 연습해 본 마당쇠는 어느새 앵콜 바라기가 되어 있었다.

"미러볼 조명이 켜지고, 반주가 나오면, 한 박자 쉬고!"

"베사메 베사메 무쵸…."

앵콜의 큐 사인에 맞춰 자동으로 노래를 뽑는 동시에 엉덩이를 흔들며 춤을 추는 마당쇠를 보고는 다들 배를 잡고 웃었다. 본격적인 런 스루가 시작되자 항아리가 다시 한번 주의를 주었다.

"말씀드렸듯이, 처음부터 끝까지 공연처럼 안 끊고, 안에서 무슨 일이 벌어져도 그냥 놔둘 거니까 알아서 하셔야 해요. 대본은 볼 수 없어요. 여기 스태프 두 분이 관객이고, 이분들한테 연극이 어떻게 진행되는지 보여 주는 거니까, 대사를 잊어 먹으면 대본을 찾아보려고 하지 말고 그냥 넘어가셔야 해요."

처음으로 전원 대본을 내려놓은 배우들이 잔뜩 긴장한 표정으로 각자 위치에 가서 대기했다. 이어 항아리가 핸드폰으로 스톱워치를 켜고 신호를 보냈다.

"준비되셨죠. 액션!"

항아리의 신호와 함께 런 스루가 시작되었다. 배우들은 연극의 주된 배경이 되는 분장실 장면에서는 각자 의자를 하나씩 차지하고 앉아 있다가, 불이 꺼지고 장면이 바뀔 때는 그 의자를 직접 들고 나가야 했다. 이 외에도 소파, 탁자, 의상 행거, 분장통 등 매 장면 배우들이 직접 챙겨야 할 대도구와 소도구들이 상당했다. 작가이자 연기 지도를 함께 했던 작은나무가 런 스루에서는 무대 감독이 되어 무대 세팅을 지휘했다. 모두가 숨소리도 내지 않고 무대를 세팅하고 준비한 연기를 보여주는 가운데 모두가 걱정하던 5장이 되었다. 탐진치가 여전히 대사를 틀리기는 했지만 크게 흐름을 깨지 않고 마당쇠와 호흡을 맞추며 무사히 5장을 마쳤다. 10장의 마지막 대사까지 마치고 나자 항아리가 신호를 보냈다.

"컷! 여기까지 하겠습니다. 공연은 한 시간 십오 분 정도 될 것 같네요."

그제야 한숨을 돌린 배우들이 박수를 치고 웃음을 보였다. 과연 할 수 있을까 걱정만 가득하던 분위기에 조금이나마 자신감이 돌았다. 물론 쉬는 시간에 담배를 피우러 나간 탐진치

168

를 시나브로가 쫓아가 빨리 대사를 다 외우라고 닦달하기는 했지만, 그래도 서로 간에 약간의 믿음이 생겨난 기분이었다. 런 스루를 보러 온 박상병 팀장은 싱글벙글 좋아서 어쩔 줄 몰랐다.

"아유 너무 잘하시네! 일취월장이라 해야 되나!"

"안 돼요 이 정도로는!"

칭찬을 받고 들뜬 마당쇠에게 엄하게 한마디 하는 항아리도 표정은 웃고 있었다. 마침 공연 팸플릿도 나와서 배우들이 저마다 한 묶음씩 챙겼다. 항아리는 벽에 새로 붙인 초대 명단에 대해 안내했다.

"저기 벽에 종이를 붙였으니까 공연 전까지 적어 주세요. 어느 날 누가 누구 초대로 온다."

배우만 열한 명이니 각자 두 명씩만 초대해도 스물두 명이었다. 공연이 총 네 번이라고는 해도 소극장이라 회당 최대 오십 명 정도만 입장할 수 있으니 초대 인원을 미리 파악할 필요가 있었다. 그러나 며칠 후 강사진의 염려는 괜한 걱정임이 드러났다. 공연에 초대할 사람이 딱히 없었던 단원들은 명단에 아무 이름도 적지 않았다. 이름도 잘 모르는 지인이나마 명단에 올린 것은 '황 형사'라고 적은 마당쇠뿐이었다.

4-2. 너를 받아 준 사람들이잖아

팸플릿이 나온 날, 또치도 몇 부를 받았다. 팸플릿에는 '출연' 배우로 그의 이름이 올라 있었다. 늘보는 떠났고, 또치는 신인배 역을 할지 안 할지 불확실하던 참에 인쇄한 팸플릿이라, 늘보의 이름은 빠졌고 또치의 이름은 남아 있었다. 또치는 팸플릿이 마음에 들었는지 한 부를 들고 예전에 신세를 진 목사님께 인사를 드리러 가 본다고 했다. 올레가 그의 여정에 동행했다.

고촌동은 김포시에서도 구시가지에 해당하는 동네였다. 어린 시절 이곳에서 자랐다는 또치는 고촌중앙교회로 가서 부목사로 시무하고 있는 정의준 목사를 찾았다. 인근 약국에 들러 산 비타민 음료를 들고 선 또치의 표정에서는 긴장과 흥분이 엿보였다.

잠시 후 나타난 정 목사는 또치를 보고 많이 놀란 표정이었다.

"야, 얼굴이 좋은데! 전에 찾아왔을 때는 초췌하더니 오늘은 잘사는 집 아들 같아!"

허물없이 또치를 맞은 정 목사는 근황을 물었다. 또치가 숨김없이 대답했다.

"지금 서울에 방 조그맣게 얻어 갖고요."

"아, 방 얻었어? 그러면 거처가 있는 거네."

"그래서 정착을 하려고요."

"생활은 어때?"

"자활 근로비 사십만 원 받고…."

"사십만 원으로 사는 거야? 다른 수입은?"

"없고요."

또치가 어떻게 지내는지를 확인한 정 목사는 솔직한 심정을 말했다.

"사실 어제 전화 왔을 때 만나지 말까 고민했었어. 그치만 얼마나 어렵게 전화했을까 싶고… 지난번엔 힘들게 직장을 소개해 줬는데 말도 없이 갑자기 사라져 버려서 괘씸하더라고. 다신 안 볼 생각이었지."

또치가 아버지를 여의고 막 노숙을 시작할 당시 정 목사는 또치를 안쓰럽게 여겨 직장을 소개해 주고 달방도 구해 주었다. 하지만 또치가 소개받은 직장을 얼마 다니지도 않고 그만둔 후 연락을 끊는 바람에 중간에서 난처했다고 한다. 또치가 뒤늦은 변명을 해 보았다.

"무시당하는 게 참기 힘들어서요."

"그건 어딜 가나 마찬가지야. 이제는 너도 알잖아? 옆에서 도와주는 사람들도 가족이 아니라서 한계가 있어. 삶은 절박한데 네가 절박하지 않잖아. 누가 날 도와주지 않을까 기대하지 말고 절박하게 살아야 해."

"그때는 죄송하다는 말씀도 못 드리고… 이제는 달라지려고…."

말을 잇지 못하던 또치가 문득 눈물을 닦기 시작했다. 정 목사는 마음이 누그러졌는지 곁에서 카메라를 켜 놓고 있던 올레에게 말을 걸었다.

"이 친구가 심사는 착해요. 근데 워낙 환경이 안 따라 줘서 그렇지…. 그때는 노숙자였지, 뭐. 안 그래? 솔직하게 이야기하면, 가까이 가면 냄새도 많이 났어. 지금은 뭐, 사람 냄새 나는구만."

말을 하고도 약간 미안한 기색이었지만 올레가 보기에 또치에게 이렇게 솔직하게 충고하는 사람은 그가 처음이었다. 문득 정 목사가 또치가 내민 팸플릿을 들고 훑어보았다.

"여기서는 뭘 맡았어?"

"이번에는 그냥 스태프만 하려고요. 앞으로 한 육 개월은 치료도 받아야 되고요."

"이번에 못 참여해도 다음엔 작은 역이라도 맡아서 해. 네가 작은 거라도 해야 목사님이 꽃다발이라도 들고 가지."

목사의 말에 또치의 얼굴이 살짝 붉어졌다.

"공연이 며칠 안 남았고 해서…."

"한 가지는 확실하지? 여기 단원인 건 확실한 거지?"

"네, 네."

힘주어 대답하는 또치에게 정 목사가 당부했다.

"너는 그동안 소속감이 없었잖아. 너는 여기 연필통 사람들한테 감사해야 해. 다른 사람들은 다 널 버렸지만 여기선 널 품어 줬잖아. 열심히 뭔가를 했으면 좋겠어. 아주 작은 것이라도."

극장으로

다음 날인 10월 28일, 공연을 사흘 앞두고 그동안 연습실에서 쓰던 세트와 도구를 실제 공연장으로 옮기게 되었다. 단원들은 힘을 모아 의자와 미니 소파, 탁자 등을 렌트한 화물차에 싣고 박 팀장이 운전하는 승합차에 올라 극장으로 향했다.

대학로 번화가를 벗어난 상가 지하에 위치한 동숭무대소극장은 좁고 낡은 감이 있었지만 그런대로 정감이 가는 것이 극단 연필통과 통하는 면이 있었다. 극장에 도착한 마당쇠는 짐을 나르면서 발성 연습을 한답시고 극장 안에서 소리를 질렀다.

"아! 아! '어디긴 어디야!' 어우 빵빵 울리는데!"

다른 배우들도 드디어 극장에서 리허설을 한다니 긴장되기도 하고 신나기도 한 모습이었다. 와중에 한 사람만 겉도는 것

173

이 보였다. 도와준다고 오기는 했으나 무엇을 해야 할지 몰라 서성이던 또치였다. 작은나무는 또치에게 무대 스태프의 역할을 설명해 주려다 말고 새로운 제안을 했다.

"또치가 배달원 역을 해 주면 안 돼요? 분장실에 중국 음식을 배달하러 왔다가 연극에 관심을 갖고 물어보는 역할이에요. 또치가 해 주면 딱일 거 같은데. 대사가 딱 세 마디라 아직도 사람을 못 구했어요. 그 역할을 맡을 사람 구하느라 시간 허비하는 게 너무 아까워요."

"글쎄요⋯."

말은 그렇게 하지만 어느새 또치도 미소를 짓고 있었다.

"배달원 콜? 콜?"

작은나무가 또치에게 손을 내밀었다.

"악수하는 순간 도장 찍는 거야."

또치가 멋쩍게 작은나무가 내민 손을 마주 잡았다.

"이야! 역시 내가 얘기해야 돼요!"

작은나무가 신이 나서 뛰어오르자 곁에서 그 모습을 지켜보던 항아리가 볼멘소리를 했다.

"아니, 내가 공연 참여하라고 그렇게 얘기할 땐 안 듣더니⋯."

작은나무는 또치를 따로 불러 대본을 보여 주며 배달원 역에 대해 설명했다.

"옷은 빨간 모자 같은 거, 색깔 있는 모자 쓰면 어울릴 것 같아."

"빨간 모자 있어요, 아예 빨간 윗도리까지. 바지는 검정색 추리닝하고."

"뭐야 다 생각해 놨구만. 의상까지…."

사실 또치는 신인배 역을 맡았을 때부터 대본을 읽어 봤기에 '배달원'이라는 단역이 있다는 것을 알고 있었다. 하지만 스태프도 할까 말까 망설이던 또치가 갑자기 배우까지 하게 될 줄은 본인도, 강사들도 미처 예상하지 못했다. 어쩌면 전날 김포에서 목사님을 만났을 때 공연에 적극 참여하라는 조언을 들어서 그랬는지도 몰랐다.

"그렇게 하시면 좋을 것 같아요."

다음 날 또치는 자기가 말한 대로 빨간 모자에 빨간 추리닝을 갖춰 입고 나타났다. 작은나무는 신이 나서 또치가 맡은 배달원에게 경상도 사투리로 된 대사를 추가해 주었다.

10월 29일부터는 테크니컬 리허설(Technical rehearsal)이 시작되었다. 이것은 극장에서 배우뿐 아니라 스태프까지 모두 참여해 조명, 음향, 장면 전환까지 모든 기술적 요소들을 점검하고 연습하는 것이었다. 예산이 넉넉지 않아 공연까지 단 이틀밖에 남은 않은 상태에서 극장에 들어왔기 때문에 항아리와 강사진은 마음이 바빴다. 연습을 시작하기 전, 항아리가 다시 한번 배우들에게 당부했다.

"오늘은 조명, 음향 다 함께 큐 신호하고 배우들 등퇴장 맞춰 볼 거예요. 그리고 어두워졌을 때 세트 바꾸는 거 있잖아요? 그런 연습 위주로 할게요."

항아리의 지시에 따라 모두가 각자 등장 위치로 가서 기다리고, 출연 순서를 기다려야 하는 배우들은 대기실로 향하는데 어두운 객석에 홀로 앉아 있는 사람이 있었다. 지난여름, 고향에 돌아간다고 사라졌던 류였다.

도피

"안녕하세요?"

복도를 지나가던 탐진치를 발견한 류가 꾸벅 인사를 했다. 놀란 탐진치가 물었다.

"어? 지금 부산에서 올라온 거야?"

"아뇨, 이삼일 됐어요. 올라온 지."

배달원	오만 원입니다.
지연희	이따 연극 보러 와요, 여덟 시.
배달원	연극 재미있어요?

지연희　　이분들이 다 배우들인데 나보다 나아. 생활 연기가
　　　　　　아주 죽여주거든. 이따 와서 봐 봐. 뭔가 진정성이
　　　　　　느껴진다니까.

배달원　　일 끝나고 한번 와 볼게예. 그럼 수고하이소!

또치가 나오는 장면이 무사히 끝나자 다른 배우들과 강사
진의 표정에 안도감이 엿보였다. 또치는 간밤에 대사를 다 외
웠는지 동작이 다소 어색하긴 해도 연기 자체는 자연스러웠다.
대기실에서는 류가 커피를 마시면서 다른 배우들과 수다를 떨
고 있었다.

"왜 다시 오셨어요?"

올레가 류에게 물었다. 류는 목소리를 낮추더니 대답했다.

"도피 생활을 하고 있어요."

"누구한테서요?"

"그냥… 부산 지역 경찰한테서요."

더 이상은 묻지 않는 게 좋으려나 올레가 갈등하고 있는데
무대에서 항아리가 배우들을 독촉하는 소리가 들려왔다.

"아직 등퇴장 시간이 너무 많이 걸려요. 더 빨리 움직이세요.
런할 때는 멈추면 안 돼요. 긴장하고 집중하세요!"

이날은 한밤중이 돼서야 연습이 끝났지만 공연이 임박했다

는 긴장감에 다들 들떠서 힘든 줄도 모르는 표정이었다. 종일 정신없이 뛰어다니던 작은나무는 뒤늦게 류에게 반가움의 인사를 던졌다.

"조금만 일찍 오시지, 배달원 역이 있었는데요."

"왜 또치가 잘하더만."

"네, 또치가 잘해요."

또치에게 연기를 권했던 작은나무와 강사진은 이날 연습에 여러모로 만족했다. 헤어지는 길에 류가 '누가 나 좀 재워 줘야 하는데'라고 하긴 했지만 촌놈을 비롯한 여러 단원들과 함께였기에 별걱정을 하지 않았다.

하지만 다음 날인 10월 30일, 공연을 하루 앞둔 전날. 극장의 분위기는 완전히 달라졌다. 일을 마치고 연습 시간보다 늦게 도착한 탐진치가 극장 안을 두리번거리다 눈에 띈 은하별에게 물었다.

"왜, 누가 안 왔어?"

잊어야 한다

"몰라, 없으면 없는가 보다 해야지."

은하별의 말투에는 짜증이 가득했다. 은하별 곁에는 걱정스러운 표정의 들국화가 서 있었다. 들국화가 중얼거리는 소리를 들은 탐진치가 상황을 파악했다.

"또치가 안 나왔어요?"

마침 곁을 지나가던 작은나무가 짧게 대답했다.

"나중에 말씀드릴게요."

"나중에 말할 게 뭐야?"

의아한 표정의 탐진치가 대기실로 사라진 후 은하별은 못마땅한 얼굴로 담배를 피우러 나갔다. 극장 출입구에는 초조한 얼굴로 또치를 기다리고 있는 촌놈이 있었다.

"또치가 오늘 오전에 수급 심사하는 공무원을 만나기로 했는데⋯ 지금 연락이 안 되는 거 보면 그 사람들이 집에 안 왔다던가, 아니면 결과가 좀 안 좋은 건지도 모르겠어. 통화가 안 되니까⋯."

몇 차례 런을 돌린 후에도 또치가 나타나지 않자 강사진은 급히 대본을 수정하기로 했다. 그래도 내용상 배달원 역 자체를 없애기는 어려워서, 이미 극 중에서 다큐 감독 노희주 역을 맡은 작은나무가 변장을 하고 일인이역으로 배달원을 하기로 했다. 어수선한 상황 속에 연습이 끝나고 항아리가 최종 공지사항을 알렸다.

"내일 공연 일정 안내해 드릴게요. 한 시 반에 기술 리허설 가고, 네 시에 최종 리허설 합니다. 여덟 시 공연이니까 일곱 시부터는 대기실에 계셔야 합니다. 저녁밥 먹을 시간이 부족하면 극장에서 배달 음식을 먹을 거예요. 오늘 밤에는 일찍 주무시고 컨디션 조절 잘하시기 바랍니다."

이날 일정을 마치고 극장 입구로 나온 단원들은 가라앉은 분위기 속에 말이 없었다. 마당쇠가 담배를 피우면서 한숨을 내쉬었다.

"내일 대사 까먹으면 안 되는데…."

마당쇠의 얘기를 들은 시나브로가 말했다.

"형님이 실수해도 다른 사람이 커버해 줄 거야. 너무 걱정하지 마."

촌놈이 다시 한번 단원들에게 다짐을 받았다.

"사흘만 참으면 돼. 사흘만 참으면 되니까 조금 힘들더라도 견디고. 오늘부터 술 먹지 말고."

"네, 안 먹어요."

"아니, 술을 안 먹는다고?"

선선히 대답한 마당쇠와는 반대로 은하별이 볼멘소리를 하다가 주변을 둘러보고는 입을 다물었다. 연습 상황을 보러 극장에 와 있던 박 팀장이 때마침 지연화와 함께 입구로 나오고 있었다. 촌놈이 박 팀장에게 물었다.

"또치는 여직 연락이 안 되는 거야? 수급 심사 결과가 안 좋아서 그런 거 아닐까?"

"결과가 그렇게 곧바로 나오지 않아요. 아마 심사 받느라 긴장했다가 퍼진 거 아닐까요?"

"어제 봐서는 오늘 연습에 나올 줄 알았어요."

박 팀장의 답에 지연화가 말을 보탰다. '이놈들 술 먹으면 안 되는데 걱정이네'하고 한숨을 쉬는 촌놈을 배웅하고 두 사람도 극장을 떠났다. 공연을 무사히 올려야 하는 책임이 있는 강사진은 사람들이 모두 떠난 뒤에도 극장에 남아 있었다. 항아리와 네모 옆에서 준비 사항을 체크하던 작은나무는 내일 공연에 빠뜨린 것은 없는지 확인을 끝낸 후에야 생각이 났는지 분통을 터뜨렸다.

"나는 노희주 역할도 해야 하고 무대도 챙겨야 하는데 배달원까지 하려니까 너무 일이 많아. 또치는 내가 어제 새로 고쳐서 뽑아 준 대본책도 여기 놓고 갔어. 아우 젠장!"

뒤늦게 공연에 적극적이던 또치에 대해 기대가 컸던 만큼 실망도 큰 모양이었다. 한참을 씩씩대던 작은나무는 이내 눈물을 닦아 내기 시작했다. 항아리도 작은나무와 같은 마음이었던지 뭐라 말이 없었다. 내일은 지난 넉 달간 연습해 온 결과를 무대에 올려야 했다. 중간에 떠난 사람들도, 더 잘할 수 있었는데 하는 아쉬움도, 오늘을 끝으로 모두 잊어야 했다. 강사진은 할 수 있는 선에서 최선을 다하자는 말로 서로를 다독이며 헤어졌다. 내일은 공연을 올려야 했다.

D-day

10월 31일, 극단 연필통의 제2회 공연이자 첫 번째 정기 공연인 〈연필통 사람들〉의 첫 공연 날이 밝았다. 강서구 화곡동에 위치한 촌놈의 집에서는 아침부터 달큰한 커피 냄새가 풍기고 있었다. 촌놈이 집을 나서는 발걸음부터 촬영하기 위해 일찌감치 도착한 올레는 로션을 꺼내 세심하게 바르는 모습을 보고 줌을 당겼다. 촌놈이 쑥스러운지 변명을 늘어놓았다.

"나도 생전 안 하던 거 한다. 전에 이거 안 발랐는데. 향우회 사람들이 오늘 공연 보러 온대. 관객이 너무 없을까 봐 걱정돼서 불렀지."

마침 TV에서는 일기 예보가 나오고 있었다. 어느새 10월도 마지막 날이 되어 십 도 남짓의 선선한 날씨가 이어진다는 예보였다.

"어떻게 공연 내내 춥냐…. 애들은 내가 내복 입는다고 하니까 놀리더라. 지들은 젊으니까 괜찮지."

"또치한테 다시 연락해 보셨나요?"

올레가 던진 질문이 촌놈의 표정을 어둡게 만들었다.

"연락을 안 받아. 안 오기로 했나 봐."

촌놈은 더 이상 또치 얘기를 하고 싶지 않은 듯했다. TV를 끄고 현관으로 가서는 신발장을 뒤지며 혼잣말을 했다.

"오늘은 새 구두를 한번 신을까."

공연 날의 극장은 어수선하고 혼란스럽기 그지없었다. 박상병 팀장과 우대경 사회 복지사는 미리 만들어 다시서기센터에 보관해 두었던 배너와 포스터들을 가져와 극장 앞에 세팅하느라 바빴고, 배우들은 분장을 한다고 대기실에서 분주했다. 작은나무는 고데기를 들고 이리저리 다니며 배우들의 머리를 손봐 주었다.

"왠지 이렇게 하면 연기를 더 잘하실 거 같은데? 선생님, 진짜 못나 보여도 상관없어요?"

어리숙한 마영호 캐릭터에 맞게 마당쇠의 짧은 상고머리를 빠글거리는 곱슬머리로 바꿔 놓던 작은나무가 물었다.

"괜찮아! 나는 빠마도 괜찮아!"

과연 거울 속의 그는 어느새 아줌마 스타일의 파마머리로 변신해 있었다. 마당쇠의 모습을 본 탐진치가 놀리기 시작했다.

"야, 그거 같다. 흑인 노예 엉클베리 톰인가 있잖아. 그 사람 같아. 있잖아, 왜."

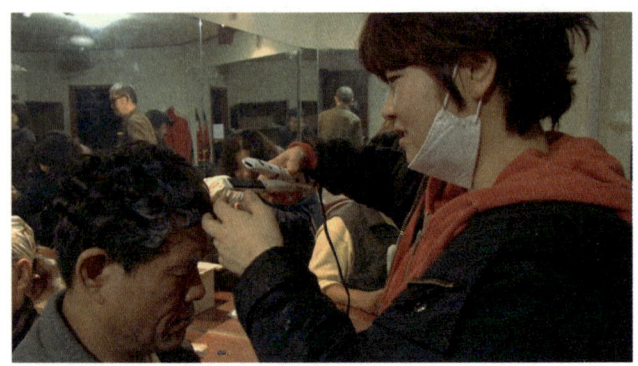

첫 공연 전 분장실에서 마당쇠의 머리를 만지고 있는 작은나무.

"아… 쿤타 킨테?"

"그래, 쿤타 킨테."

마당쇠는 탐진치의 말에 응수하고도 기분이 안 좋은 표정이었다. 작은나무가 마당쇠의 기분을 띄워 주었다.

"왜요, 멋있는데! 이렇게 하고 나가시면 여자 친구도 만들 수 있을 거 같아요!"

"좋지. 난 뽀뽀도 못 해 봤어. 뽀뽀나 한 번 쫙 해 봤으면 좋겠어."

마당쇠의 말에 옆에서 순서를 기다리던 시나브로가 핀잔을 주었다.

"뭔 소리를 하는 거야. 하면 되잖아!"

"내가 뽀뽀를 한 번 했냐, 손을 잡길 했냐?"

마당쇠의 말에 놀란 작은나무가 되물었다.

"선생님 뽀뽀 한 번도 안 해 봤어요?"

"안 했어요."

"어우 어떡해…."

작은나무가 혀를 끌끌 차는 것을 보고 탐진치가 다시 놀리기 시작했다.

"그 입술에 뽀뽀할 여자가 누가 있냐? 장님하고 해."

탐진치의 말에 다시 마당쇠가 시무룩한 표정이 되자 이번에도 시나브로가 마당쇠 편을 들기 시작했다.

"아니야, 이 형도 매력 있어."

이어 누구 손님이 더 많이 올 것인지 배우들이 왁자지껄 떠들고 있는데 대기실에 들른 항아리가 커튼콜(Curtain call) 연습을 해야 하니 분장을 마치는 대로 무대로 나오라고 했다. 공연이 끝난 후 배우가 무대에 나와 인사하는 커튼콜에 무슨 연습씩이나 필요한가 싶지만, 모두가 공연 경험이 부족하다 보니 인사 하나도 제대로 맞추지 못했다.

공연까지 한 시간 남짓 남았을 즈음, 기다리는 사람이 있는지 공연장 입구 쪽을 계속 들락거리던 들국화가 카메라에 포착되었다. 올레가 물었다.

"누가 오기로 했나요?"

"공연 내용은 말 안 하고… 시간, 장소, 올 수 있으면 오라고 식구들한테 문자를 보냈거든요, 제가… 그래서 내일 올지도 모르겠어요."

환하게 웃던 들국화는 극장으로 들어서며 '입구에서 관객 안내를 시작했다'라고 단원들에게 알렸다. 이번 공연은 서울시의 지원으로 진행되는 무료 공연이지만 결과 보고서에 관객의 숫자를 보고해야 했기에 입장하는 관객에게 안내를 하고 서명을 받고 있었다. 평소 좁고 후미져 보였던 극장 입구에 밝게 불이 들어오고, 박 팀장과 우 복지사가 작은 탁자를 펼쳐서 서명받을 준비를 완료하자 공연장에는 긴장감이 감돌기 시작했다.

막이 오르다

극단 연필통 공연의 관객 중에는 사회 복지를 전공하는 학생이나 다른 노숙인 시설의 사회 복지사들이 모니터링을 겸해 공연을 보러 오는 경우가 많았다. 또 극단 프락시스의 SNS 홍보를 접한 교육 연극 관계자와, 문화예술교육에 관심이 있는 대학로 기획자들도 공연장을 찾았다. 센터 주변에 붙인 포스터를 보고 관심을 가졌다거나, 무료 급식을 먹으러 지하 식당에 왔다가 연습하는 모습을 봤다며 대학로까지 공연을 보러 온 다시서기센터 이용자들도 있었다.

이번 〈연필통 사람들〉 공연에서는 70분가량의 연극이 끝난 후에 관객과의 대화가 예정되어 있었는데, 지난번 창단 공연 때는 사전 계획에 없던 관객과의 대화를 갑자기 진행하면서 단원들이 어색해했던 터라 이번에는 미리 준비하기로 했다.

"우리 공연은 좀 특별한 공연이라 매회 관객과의 대화를 진행하자고 하세요. 그런데 저는 공연이 학예회 발표하는 것도 아닌데 무작정 '우리 잘하죠'하는 식은 별로 안 좋은 거 같아요."

공연을 앞두고 항아리가 먼저 의견을 말하자 다들 여기에 공감했다. 시나브로는 정색을 하고 자기 의견을 덧붙였다.

"그리고 연극을 해서 내가 바뀌었다 이런 말은 좀 하지 말자고요. 그런 말을 하는 거 자체가 우리가 연극인이 아니라는 증거야. 긍지를 갖고, '우리를 연극인으로 봐 주세요', 그렇게 했으면 좋겠습니다."

몇몇이 고개를 끄덕였다. 이야기를 듣고 있던 작은나무도 말을 꺼냈다.

"몇 가지 질문은 예상이 되는데… 만약 관객들이 '실제로도 연극에 나오는 것처럼 배우들 간에 갈등이 있는지' 질문한다면 어떻게 얘기할 건지 생각해 보면 좋겠어요."

여기에 지연화가 답했다.

"저는 극단에서 갈등은 당연하다고 생각하는데요."

"그렇긴 하지만 어느 정도까지 오픈해서 얘기할 것인지는 함께 얘기해 보는 게 좋을 것 같아서요."

작은나무의 말에 항아리가 동의했다.

"누가 나갔다, 이런 얘길 하게 되면 그 '누구'를 아는 사람이 관객 중에 있을 수 있잖아요? 그럼 나간 분들이 좀 불편하지 않을까 걱정하는 거죠."

지연화가 다시 덧붙였다.

"센터에서 오시는 분들도 계시니까 그런 걱정을 하실 수 있어요. 그런데 어찌 보면 그분들도 계속 겪으실 문제고, 나가는 분들의 입장을 이해하지 못하실 분들이 아니거든요. 나간 분들 얘기를 들으면, 자기도 그럴 수 있다고 생각하실 거라고 봐요. 동병상련이랄까요."

"나도 이 얘기에 동감입니다."

한동안 겉돌았던 은하별이 오랜만에 정색을 하고 말했다. 극단 연필통의 회장인 촌놈도 의견을 냈다.

"이런 얘기를 먼저 상의해 줘서 고맙고… 사실 나는 지난번 공연에서 관객과의 대화를 할 때 눈물이 나오려고 하더라고. 그럴 땐 어떻게 하나."

"그럼 그냥 울면 되지!"

시나브로가 위로인지 구박인지 모를 한마디를 하자 다들 와르르 웃었다. 결국 관객과의 대화는 솔직하게 자기 의견을 말하되 유치한 자랑은 하지 말자는 쪽으로 의견이 모이면서 회의가 마무리되었다. 이제 극장 문을 열고 관객을 들여보내기 전, 마지막으로 모든 배우과 스태프가 모여 파이팅을 외칠 시간이 되었다. 항아리가 배우들을 무대로 모았다.

"이제 공연까지 이십 분 남았으니까 그동안 각자 개인 정비하고 공연 준비하세요. 자, 다 같이 파이팅하고 자기 자리로."

"연필통 사람들 파이팅!"

단원들이 무대로 올라가 둥글게 모여 파이팅을 외치고 박수와 함성으로 기운을 북돋웠다.

첫 공연

한편 극장 앞에서는 일찍 온 관객들이 삼삼오오 팸플릿을 펼쳐 보며 이야기를 나누고 있었다.

"배우 중에 아는 사람 있어?"

"아니, 아는 사람이 있으면 안 되는 상황인데… 내용이…"

극단 연필통이 '노숙인 극단'인 줄 모르고 공연을 보러 온 젊은 관객들이 수군거리는 동안, 한쪽에서는 극단 프락시스의 김지연 대표가 지인들을 맞이하고 있었다.

"다시서기센터가 뭐 하는 데야?"

"노숙인 시설인데, 90년대부터 성공회에서 운영해서…."

가볍게 연극을 보러 왔다가 극단 연필통의 창단 배경을 소개하는 글이 빽빽하게 실린 팸플릿을 보고 호기심을 느낀 관객들은 조명이 켜진 극장 입구로 모여들었다. 얼마 후 박 팀장이 근처의 관객들에게 안내했다.

"공연 시작합니다. 입장해 주세요!"

전훈수　　어제 네가 없는 대사를 미리 약속도 없이 해 버리는

　　　　　　바람에 정상이가 당황했던 거, 너 알아 몰라?

오준수　　그랬어요? 내가 사람 잘못 봤네. 난 그 정도 받아넘

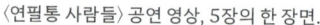

〈연필통 사람들〉 공연 영상, 5장의 한 장면.

길 역량은 되는 줄 알았죠.

전훈수   그건 역량 문제가 아니고….

이정상   네 독단이 문제라고는 생각 안 하냐?

오준수   독단?

이정상   하긴 맨날 늦게 오니까 대사 미리 맞춰 볼 시간이나
         있겠어.

첫 번째 공연이 시작되고, 4장에 들어서며 연출 역의 은하별 앞에서 오준수 역의 시나브로와 이정상 역의 밀가루가 본격적으로 부딪치기 시작하자 극장 안은 숨소리도 들리지 않을 만큼 긴장감이 흘렀다.

노희주   유명세 선배님이 오셨어요!

5장으로의 전환을 알리는 노희주의 대사가 들리자 곧이어 분장실에서 대기하던 탐진치가 무대로 나갔다. 이어 마영호가 유명세 앞에 불려 나와 연기를 해 보인 후 혼나는 장면에 접어들자 객석 한구석에 관객인 양 앉아 있던 항아리와 박 팀장의 얼굴에도 긴장감이 흘렀다.

유명세　알았지? 이렇게 한번 해 봐.

마영호　'어이 철민이 자네 왜 거기 끼었어. 며칠 잘하더니만 잊어 먹은 거야?'

유명세　됐어, 그만. 그게 그렇게 어렵나? 영호 씨 힘든 건 알겠는데 배우란 기본적으로 할 건 해 줘야지. 내 의도는 알겠어? 내가 뭘 하려고 하는 건지?

　마영호 역의 마당쇠가 풀 죽은 얼굴로 제자리로 돌아가자 객석 여기저기에서 관객들이 '에효' 하고 한탄하는 소리가 들렸다. 마당쇠의 실감 나는 연기가 제대로 전달된 모양이었다.

최주담　연필통… 그때는 정말 연극으로 필이 통했었는데…. 그지?

전훈수　아유, 장난 아니었죠.

최주담　우리 다시 그때로 돌아갈 수 있을까?

　최주담의 대사를 끝으로 9장이 마무리되고 마지막 10장에 들어섰다. 그제야 비로소 공연을 무사히 마칠 수 있겠다는 실감이 난 탓인지, 공연 촬영을 하느라 어깨에 잔뜩 힘이 들어가 있던 올레도 한숨을 내쉬었다. 이어 모두가 기다리던 마지막 장면인 들국화의 퇴장이 끝나고, 모든 조명이 꺼진 상태에서 시그널 음악이 흘러나왔다. 객석에 앉아 있던 박 팀장이 자기도 모르게 박수를 치자 관객들도 함께 박수를 쳤다.

공연이 끝난 후 박 팀장은 당시 느꼈던 감정을 이렇게 전했다.

"관객들은 몰랐겠지만 저는 공연을 볼 때 떠난 사람들의 빈자리가 보이니까 마음이 찡하더라고요. 어쩔 수 없죠. 그게 연필통의 숙제에요. 사실 언론의 관심도 지난번 같지 않고, 단체 관람 신청도 창단 공연에 비하면 훨씬 적었어요. 마침 대통령 선거도 있고, 어쩌면 가난한 사람들의 조그만 모임에 관심이 떨어진 것일 수도 있죠. 그렇지만 조촐하게 있는 그대로 하는 것도 의미가 있는 거 같더라고요. 그저 남은 공연도 잘했으면 좋겠다는 생각뿐이었어요."

공연이 끝나면 관객과의 대화를 한다고 공지했지만 첫 공연을 마친 후 정신이 없던 단원들은 커튼콜이 끝난 후 극단 프락시스의 김지연 대표가 무대 위로 배우들을 불러내자 당황해서 허둥지둥 분장실에서 나왔다. 관객에게서 나온 질문 중에는 작은나무가 예상했던 것도 있었다.

"실제로도 연극을 할 때 배우들끼리 갈등이 있는지 궁금하고요, 그럼에도 불구하고 계속하는 이유를 알고 싶습니다!"

탐진치가 기다렸다는 듯 나서서 답했다.

"저는 좀 모난 사람이라 직장 생활에서도 적이 있고 어디 가면 미운 놈이 많아요. 그런데 여기는 오면 좋아요. 연극의 힘이 그런 거 같아요. 친화력이 있는 게 아닌가 생각합니다. 연극의 맛을 느껴 보세요!"

모범 답안 같은 탐진치의 말에 객석에서 박수가 나왔다. 관객과의 대화도 무사히 끝나자 배우들을 찾아온 지인들이 꽃다발을 전했다. 이렇게 첫날 공연이 무사히 끝났다.

실수

다음 날인 11월 1일, 둘째 날 공연을 앞두고 일찌감치 모인 배우들에게 항아리가 당부했다.

"오늘도 첫 장부터 런 스루 하겠습니다. 집중하세요. 둘째 날이 제일 위험합니다. 자기가 안 나오는 장면이라고 방심하고 있지 마세요."

항아리가 경고한 '둘째 날의 저주'일까? 이날 공연에서는 실수가 끊이지 않았다. 발단은 3장에서 극 중 지연희가 들고 나와 탁자에 올려놓은 아이스아메리카노를 은하별이 엎은 것이었다. 이 음료수는 지연희가 고집을 피우며 신인배와 싸우다 말문이 막힐 때마다 마시는 것으로 설정되어 있었는데, 엎지르고 나자 당황한 배우들이 거기에 신경을 쓰느라 제대로 대사를 치지 못했다. 게다가 5장에서는 유명세 역의 탐진치가 대사 대신 애드리브를 치다가 피식 웃었는데, 그 모습을 본 관객들이 따라 웃기 시작하자 유명세에게 혼나고 있던 마영호 역의 마당쇠까지 웃음이 터져 버리고, 대사마저 까먹고 말았다.

이날도 관객과의 대화가 진행되었다. 그러나 분위기는 전날과 딴판이었다. 시나브로는 공연을 끝낸 소감을 묻는 관객의 질문에 울먹이며 대답했다.

"너무 아쉬워요. 실수할 수는 있는데 관객분들한테 미안하고… 답답합니다."

마당쇠는 5장을 연기할 때보다 더 풀 죽은 모습으로 말했다.

"넉 달을 연습했는데 고작 이거네요. 제가 머리에 든 건 없지만 노력은 했습니다."

더 이상 말을 잇지 못하는 마당쇠를 곁에 선 작은나무가 달랬다. 관객들도 마당쇠의 마음을 이해하는지 뜨거운 박수로 응원했다. 한 관객이 질문을 대신해 위로하듯 말했다.

"서툴러도 아름다움이 있는 공연이었습니다. 완벽한 공연보다 마음을 어루만져 주고 감동을 주었어요."

관객의 말에 감동한 촌놈이 마이크를 이어받아 마지막 인사를 남겼다.

"저희가 자신감이 부족하지만 열심히 하겠습니다. 나가실 때 인사 한번 해 주시면 더 이상 바랄 게 없겠습니다."

박수와 함께 관객과의 대화가 끝나자 촌놈의 말을 기억한 관객들이 극장을 떠날 때 배우들을 붙잡고 일일이 악수를 했다. 따뜻한 응원에 배우들은 눈물이 글썽해서 속상해했다. 관객이 모두 떠난 후 빈 극장에 모인 배우들을 향해 항아리가 다시 한번 당부했다.

"오늘 위태위태하긴 했지만 에너지는 어제보다 좋았어요. 관객들이 호의적이라 다행이지만 우리가 할 건 해야겠죠? 그리고 관객과의 대화에서도 솔직한 건 좋지만 '실수했다' '망했다' 이런 말은 하지 마세요. 신경 쓰이는 게 있겠지만 빨리 털어 내고 내일은 더 잘하면 됩니다."

공연장을 나서 집으로 향하는 단원들의 얼굴은 더할 수 없이 어두웠다. 은하별이 마당쇠에게 사과했다.

"미안해. 내가 제일 잘못했어. 내가 잘못했고…."

"아니야. 아니야."

뭔가 불만이 가득한데 시원하게 말을 못 하는 마당쇠의 얼굴을 본 촌놈이 아무래도 안 되겠다 싶었는지 혜화역 근처에 있는 치킨집으로 은하별과 마당쇠를 이끌었다.

"봐 봐, 연습할 때는 관객이 없는데 실제로 연극할 때는 관객들이 보잖아. 근데 네가 무대에 나와서 요렇게 유명세 눈치를 보니까 그 모습이 관객들이 보기에 우스웠던 거야. 그때 유명세가 너한테 농담을 한마디 하려다가 웃음이 터져 버리니까…."

촌놈이 5장 당시의 상황을 설명하자 마당쇠가 폭발했다.

"그러니까 나는 당황하지! 첫 대사에 유명세가 막 웃는 거야! 관객들도 흐흐 웃지, 내가 당황할 수밖에 없지!"

공연이 끝나면

"애드리브는 진짜 안 된다니까! 공연에서 애드리브는 절대 안 돼!"

할 말이 많았던지 마주 앉은 은하별도 큰소리를 냈다.

"5장 대본이, 유명세 대사가, 사실은 작은나무가 긴장해서 쓴 대본이에요. 무게감을 두고 신중하게 짜내서 쓴 거란 말야. 유명세가 지 맘대로 대사를 빼먹으면 안 돼. 왜? 고마움이란 게 있어야 될 거 아냐! 감사함이란 것도. 이런 씨발 나이를 똥구멍으로 처먹었어? 좆같은 새끼가 말이야!"

"너도 그러는 건 아냐, 그건 아닌 거야. 우리는 어디까지나 아마추어고 연극인이 아냐."

촌놈이 말렸지만 은하별은 계속 성을 냈다.

"알겠는데요, 대사도 안 외우고 그냥 뻔뻔한 게 얼마나 재수 없습니까, 안 그래요? 형님도 다 외우시고 다 하는데, 얼마나 뻔뻔해! 오늘도 얼마나 뻔뻔해, 그 양반이!"

탐진치가 대사를 제대로 안 외우고 애드리브를 치다가 공연을 망친 주제에 관객과의 대화에 나서서 한마디를 한 것이 은하별은 어지간히 꼴 보기 싫었던 모양이었다. 은하별이 자기보다 더 성을 내자 오히려 마당쇠는 화가 풀렸는지 풀 죽은 소리로 말했다.

"그래서 아까 관객과의 대화 때도 너무 부끄러워서 '지난 공연보다 대사가 늘어서 어려웠다'라고 고백한 거야. 하아… 나 같은 놈은 이북에나 가서 살면 어떨까?"

"무슨 소리야. 이북에선 대사 틀리면 죽어!"

은하별이 대차게 말을 자르자 마당쇠가 찍소리도 못하고 말았다. 마침 주문한 생맥주가 나오자 촌놈이 술을 권하며 달 랬다. 문득 생각이 났는지 마당쇠가 한탄했다.

"늘보가 보고 싶어. 늘보는 늘 나한테 '형, 할 수 있어, 할 수 있어' 그랬거든. 내가 '나는 아니다, 너만 잘되면 난 부러울 게 없다', 그렇게까지 격려를 했었어. 그런데 어느 날 갑자기 사라져 버리니… 안타깝지."

"떠나간 애 얘기는 고만하고."

은하별이 잔을 비우고 말했다. 마당쇠의 얼굴이 어두운 것에 비해 은하별은 오랜만에 단원들과 함께하는 술자리가 즐거운 듯했다. 그 모습을 찍고 있던 올레가 물었다.

"저… 아직도 공연이 이틀이나 남았는데 술을 먹는 게 불안하지 않으세요?"

올레의 말에 계면쩍은 듯 촌놈이 슬쩍 시선을 피하는데 은하별은 개의치 않고 답했다.

"저는 공연에 대한 걱정보다도, 혼자 있는 밤 시간이 더 걱정이거든요, 사실은."

"공연 끝나고 집에 들어갔을 때요?"

"네, 더 걱정이거든요. 왜냐면, 제가 공연하고 집으로 들어갈 적에, 우리 마누라나 애들은 먼저 들어갔어요. 제가 공연하는 걸 와서 보고."

무슨 소린가 하고 올레가 멍하니 촬영하고 있는데 은하별의 말을 이해한 촌놈이 은하별의 뒤통수를 탁 쳤다.

"멘트 치지 마, 임마!"

촌놈의 구박에도 은하별은 꿋꿋이 말을 이었다.

"공연을 와서 보고 먼저 들어갔어요. 그런데 제가 공연이 끝나고 들어가면 다 깨. 그래 가지고 걱정이 돼 가지고…."

"께! 께!"

촌놈이 카메라를 향해 손을 젓는데도 말을 계속하려던 은하별이 문득 고개를 돌렸다. 올레는 어느새 촉촉하게 젖은 은하별의 눈가를 보고 아마도 이것은 예전에 북한에서 연극을 할 적에 그가 늘상 겪었던 일을 얘기한 것이겠구나 싶었다. 공연을 끝내고 방에 돌아갔을 때 아무도 나와 보지 않고, 반겨 주지 않는 지금의 상황이 오히려 그에게 낯설 수 있겠다는 생각이 들었다. 그리고 그가 매일 술을 먹고 극장에 나타나는 것은, 아마도 그 낯선 상황에 적응하는 과정일 수 있겠다는 생각이 들었다.

전체 공연의 절반이 끝났고, 아직 두 번의 공연이 남아 있었다.

4-3. 이러자고 연극하는 게 아닌데

셋째 날인 11월 2일. 공연 시작 전, 런 스루를 마친 항아리가 배우들을 객석에 모아 놓고 주의 사항을 전달했다.

"어제 공연에 실수가 많았죠. 실수할 수는 있는데 마무리를 잘하셔야 합니다. 몇몇 부분에서 배우들이 키득키득 웃는 게 보였는데, 그걸 꾹 참아 주셔야 돼요."

"중요한 순간에 연기하시다 흔들리면 안 돼요. 흔들리면, 우리가 쌓아 놨던 감정을 다 날리는 거니까."

어제는 배우들을 달랬던 작은나무가 오늘은 강경하게 나왔다. 어제 5장에서 애드리브를 치다가 웃는 바람에 마당쇠까지 대사를 까먹게 한 탐진치가 응수했다.

"웃음이 나와도 웃지 말고."

"그렇죠. '어디 웃어 네가!' 하면서."

항아리가 다시 한번 다짐을 받았다.

이날 공연은 만석이었다. 원래 오십 명만 앉아도 꽉 차는 극장의 벤치형 객석에 육십 명이 넘게 빼곡히 들어차니 후끈하게 달아오른 열기에 촬영 중인 올레의 카메라에 습기가 찼다. 이어 공연이 시작되고, 1장부터 4장까지 무사히 극이 진행되었다. 5장이 되어 유명세가 마당쇠를 비롯한 단원들 앞에서 연기 시범을 보이는 장면이 되었다.

유명세　'철민이 자네 왜 꼈어? 며칠 잘하더니만. 그럼 그 돈은 다시 돌려줘야지' 이렇게.

탐진치의 대사가 끝나자 객석에서 '오오' 하고 호응하는 소리가 들렸다. 이어 마당쇠가 굳은 표정으로 앞으로 나와 유명세가 시킨 대로 연기를 해 보였다.

마영호   '철민이 자네 왜 꼈어? 며칠 잘하더니만'

유명세   고만 고만! 그게 그렇게 어렵나?

    자연스럽게 흘러가던 탐진치의 대사가 순간 멈춘 것은 그때 였다. 갑자기 탐진치가 입을 씰룩거리더니 처음 듣는 대사를 치기 시작했다.

유명세   자네 임신 중인 건 아는데, 암만 임신 중이래도 기본 적으로 해 줄 건 해 줘야 될 것 아냐! 암튼 내 의도는 알겠지?

    탐진치의 애드리브에 불룩 튀어나온 마당쇠의 배를 확인한 관객들이 대폭소를 터뜨리는 가운데 무대 위에는 싸늘한 분위 기가 감돌았다. 다행히 다음 대사가 이어지면서 남은 5장은 무 사히 진행되었다. 마당쇠도 대본에 맞춰 탐진치가 하는 말에 고개를 주억거리며 마영호로서의 연기를 계속할 뿐이었다.

    어찌어찌 공연이 끝난 후 연출이 연기에 대한 노트(note)를 주는 시간이 되었다. 그동안 실수가 있어도 늘 배우들을 감싸 고, 그냥 잊으라고 말하던 항아리는 이날 처음으로 크게 화를 냈다.

"오늘 5장에서… 단원으로서, 팀원으로서, 정말 말도 안 되는 장난을 치셨어요. 말도 안 되는 실례를 하셨어요. 왜 그러셨어요? 무대가 장난이에요? 왜 공연 때 장난을 치세요? 말도 안 되는 장난을 치세요, 어떻게."

처음 보는 항아리의 모습에 당사자인 탐진치뿐 아니라 배우들도 뭐라 대답하지 못했다. 항아리는 탐진치와 마당쇠를 향해 말을 이었다.

"정말 그건 말도 안 되는 실례였어요, 선생님. 특히나 저 배우한테."

항아리의 말에 별 반응 없이 엷게 미소를 띠고 있는 탐진치에 비해 마침 그 옆에 앉아 있던 마당쇠는 고개를 떨구고 시선을 피하고 있었다. 그런 모습이 항아리를 더 속상하게 했는지도 몰랐다.

"선생님 연극 처음 하시는 것도 아니고, 아시면서 그렇게 장난치시면 어떡해요. 정말 그 전까지 너무 잘됐는데. 딱 두 번, '임신'하고 '기분 나쁘네'에서…."

항아리가 지적한 두 장면은 모두 탐진치가 애드리브를 날린 장면이었다. 임신 중이라며 마당쇠를 놀린 탐진치는 여기에 관객이 열렬하게 반응하자 공연이 끝나기 전에 다시 한번 애드리브를 날렸다. 마지막에 극 중의 배우들이 유명세를 쫑파티에서 쫓아내는 장면에서 '기분 나쁘네'하고 정색을 하고 퇴장했던 것이다. 원래는 유명세가 눈치채지 못하게 속여서 쫓아내는 것으로 단원들이 복수한다는 설정이므로, 탐진치의 애드리브는 결말의 유쾌함을 반감시키는 결과를 낳았는데, 항아리는 이를 지적한 것이었다.

"갑자기 그렇게 유명세 역할에서 탐진치 본인 말투로 빠져버리면 안 되는 거잖아요. 아시는 분이… 더 이상 얘기 안 해도 아시겠죠?"

"네."

탐진치가 짧게 대답하자 항아리는 배우들에게 당부했다.

"내일은 공연이 네 시입니다. 매일 여덟 시에 공연하다가 네 시로 가면 몸에 적응이 안 돼 있어서 다를 거예요. 깜깜하지 않은 시간에 공연하는 게 또 다른 느낌이거든요. 그걸 생각하면 내일 오셔서 몸 푸실 때 적절한 긴장, 기분 좋은 긴장 가지시고 준비하셔야 합니다."

탈퇴 예고

공연 마지막 날인 11월 3일. 일찌감치 극장에 도착한 촌놈과 은하별, 마당쇠와 시나브로, 들국화는 극장 근처 카페에 모여 커피를 마시고 있었다. 원래는 다들 극장 뒷문 앞에서 문이 열리길 기다리고 있었지만, 날씨도 춥고 하니 따뜻한 커피나 한 잔하자고 올레가 부른 것이었다. 전날과는 달리 기분이 풀린 마당쇠가 커피를 물처럼 들이켜고 있던 시나브로에게 훈수를 두었다.

"그렇게 급하게 마시지 말고. 천천히 먹는 거야, 커피는."

말문이 막힌 시나브로가 뭐라 할 말을 찾는데 더 약을 올리고 싶었던 마당쇠가 시나브로의 대사를 흉내 냈다.

"'명품 없는 연기!' 외우는 건 질색하는 내가 이런 게 다 기억나네."

"뭔 소리야…. '변함없는 명품 연기'겠지."

옆에서 은하별이 타박을 주자 마당쇠가 중얼거렸다.

"그거나 그거나…."

"그래도 '명품 없는 연기'는 아니지!"

"우리 마당쇠는 신조어를 수록해서 책을 하나 내도 되겠어."

은하별에 이어 촌놈까지 마당쇠를 놀리는데 합류하자 웃음을 참고 있던 올레가 물었다.

"예를 들어 뭐가 있을까요?"

"저번엔 대사 칠 때 '용의주도함'을 '용두암'이라고 했잖아. 듣고서 뭔 소리인가 했다니까."

촌놈의 말에 마당쇠가 변명했다.

"아니 그게… 내가 말이 좀 짧아서 그래."

"그것도 있네. 지난번에 관객과의 대화에서 배우들끼리 친하게 지낸다는 걸 '배우자끼리 친하게 지낸다'라고 했지?"

"그 얘기를 왜 또 하나…."

끝없이 이어지는 마당쇠의 어록을 촬영하고 있는데 저만치서 탐진치와 박 팀장, 지연화가 함께 극장을 향해 걸어왔다. 곧 극장 문이 열리고 항아리와 작은나무가 배우들과 런 스루를 돌리는데 지연화가 올레를 따로 밖으로 불러내어 소식을 전했다.

"올레 쌤, 탐진치 선생님이 그만두시겠대요."

"네? 공식적으로 얘기를 하신 거예요?"

"이따 쫑파티 할 때 얘기하겠다고 말씀하시더라고요. 지금 말리다가 왔거든요. 어젯밤에 계속 생각하셨대요. 아마 자존심이 많이 상하신 거 같아요, 어저께. 일단은 비밀로 해 주세요."

당황한 올레에게 지연화가 걱정스러운 표정으로 말했다.

"사람이 자꾸 떠나가면 안 되는데. 그게 목적이 아닌데…."

우리 연필통의 마지막이 될 수 있겠지

최주담   너 계속… 할 거냐?

전훈수   뭐, 내일 막공 아주 기깔나게 나오면 한번 생각해 보죠, 뭐.

최주담   내일 막공이, 우리 연필통의 마지막이 될 수도 있겠지?

그 시각, 극장 안에서는 최주담 역 촌놈과 전훈수 역 은하별이 9장을 연습하고 있었다. 9장은 극단의 원로 격인 두 사람이 술을 한 잔씩 걸친 후 분장실 탁자 앞에 앉아 극단의 좋았던 과거를 회상하며 다음 날 있을 막공(마지막 공연) 이후의 앞날을 걱정하는 장면이었다. 두 사람의 연기가 끝난 후, 객석에서 지켜보던 작은나무가 못내 아쉬운 듯 말했다.

"오늘, 사실, 우리 연필통도 막공이 될 수 있는 거잖아요?"

"실제 우리의 막공이 될 수도 있죠."

곁에 있던 항아리가 말을 보탰다.

"그런 말에 저도 울컥하고 오는데… 그런 느낌이어야 된다는 거죠, '막공이 될 수 있겠지' 하는 게요. 최주담도 그걸 느끼면서 얘기할 것이고, 듣는 전훈수도 그걸 알고요. 감정을 더 드러내셔도 될 것 같아요. 이 순간만큼은."

연기를 마친 상태 그대로 탁자 앞에 앉아 작은나무의 말을 듣고 있던 촌놈이 벌컥 입을 열었다.

"그건 우리도 아까 얘기했었어. 눈물을 보여도 괜찮은 것인지… 우리는 관객하고 관계없이, 연출하고 관계없이, 정말로 오늘…."

순간 촌놈이 말을 잇지 못하더니 고개를 푹 숙이고 한참을 가만히 엎드려 있었다. 옆에 앉아 있던 은하별이 말없이 촌놈의 등을 두드려 주었다. 보고 있던 작은나무가 기쁜 듯 웃었다.

"이거예요, 이거. 이 순간만큼은 연필통이 정말 마지막이라고 생각하고 해 보세요. 어차피 연기고 상상이니까."

은하별이 일어나 물을 한 잔 떠다가 촌놈에게 갖다 주었지만 촌놈은 미동도 하지 않았다. 작은나무가 항아리와 주고받는 말도 안 들리는 듯했다.

"이제 잘될 거 같다."

"아니… 좀 이따 하자고."

자리에서 일어난 촌놈은 구석으로 가더니 눈물을 닦았다. 그동안 참았던 눈물이 한꺼번에 터져 나온 듯 눈이 벌게져 있었다. 은하별이 멋쩍은 듯 항아리에게 말했다.

"그럼 다른 거 연습 좀 하고…."

"그러죠. 그럼… 조명, 음향!"

항아리도 부러 큰소리로 스태프들을 불렀지만 시선은 촌놈에게서 떼지 못한 채 엷게 미소를 띠고 있었다. 촌놈은 한동안 극장 구석에서 눈물을 닦고서야 분장실로 돌아왔다.

연극제에 초대되다

11월 2일 오후 네 시. 아직 환한 대낮이었지만 극장 입구는 공연을 보려는 사람들로 북적이고 있었다. 앞선 이틀은 기관이나 단체에서 온 관객이 많았다면, 남은 이틀은 SNS에서 공연에 대한 리뷰를 보고 극장을 찾아온 개인 관객이 많았다. 언론에서도 연락이 왔다. 박 팀장은 인터뷰에 응하고 싶은 사람이 있는지 단원들에게 물었고, 마당쇠가 자원했다. 기자가 오늘 공연을 본 다음, 인터뷰를 위해 분장실로 다시 오겠다고 하니 마당쇠도 사뭇 긴장했지만, 막상 공연이 시작된 후에는 그 사실을 잊은 듯 열심히 연기를 했다.

매일같이 새로운 사건이 터졌던 5장이 대본 그대로 무사히 진행되고, 마침내 오전에 연습했던 9장 차례가 되었다.

최주담　　연. 필. 통. 그때는 진짜 연극으로 필이 통했는데.
전훈수　　장난이 아니었지요.

최주담   다시 그때로 돌아갈 수 있을까…?

마지막 한마디에서 최주담 역의 촌놈이 쉰 목소리를 내더니, 대본에 있는 것처럼 꾸벅꾸벅 조는 시늉을 했다. 은하별이 그런 촌놈에게 웃옷을 덮어 준 후 객석을 쳐다보는데 조명 아래 두 눈망울이 반짝, 하고 빛나더니 이내 암전 속으로 사라졌다. 공연 전에 '눈물이 날 것 같으니 제발 무대에서 울지 말라'고 촌놈에게 부탁하더니 결국 참지 못한 모양이었다.

노희주   자 마지막으로 한 장만 더 찍을게요. 다 같이 연필통 파이팅!

배우들   파이팅!

마영호   오백 원….

마침내 10장의 마지막 대사가 나왔다. 10장에서 극 중 배우들은 처음 연극을 시작하던 때를 떠올리며 서로 화해하고, 기념 촬영을 한 후 곧 시작될 막공을 준비하기 위해 퇴장한다. 그리고 텅 빈 분장실이 적막하게 느껴질 때쯤, 극 중 무대 감독인 김동필이 홀로 분장실로 돌아와 내부를 휘둘러보고는 불을 끄고 나간다.

〈연필통 사람들〉 공연 후 관객과의 대화.

무대가 암전되고, 음악이 고조되며, 공연이 끝났다. 극단 연필통의 첫 번째 정기 공연은 총 4회를 끝으로 마무리되었다. 이날 관객들은 뜨거운 반응을 보였다.

"솔직히 기대를 안 하고 왔어요. 그런데 눈물이 날 정도로 정말 멋있습니다."

"실제 일상을 보여 주는 듯한 연기였어요. 마지막엔 정말 뭉클했어요."

관객과의 대화에서 호평이 쏟아졌지만 배우들은 막공을 마쳐서인지 앞서 사흘 동안의 모습과는 달리 어두운 얼굴이었다. 배우들의 기운을 북돋아 주려는 듯, 오히려 강사진은 밝은 얼굴로 의욕을 보였다.

"선생님들과 같이 있으면 행복했어요. 서로를 믿지 못했던

순간도 있는데, 그럴 때 가장 힘들었던 거 같아요. 그래도 믿어
보자는 마음으로 버텼는데 그러길 잘한 거 같아요!"

작은나무에 이어 소감을 말할 차례가 되자 전에 없이 흐뭇
한 표정으로 항아리가 말했다.

"연습하러 갈 때면 힘이 나더라고요. 다른 분들이 말씀하셨
듯이 포기할 수밖에 없는 부분이 많았어요. 그래도 연습하다
가 배우한테서 빛나는 모습을 볼 때면 행복했습니다."

억지로 웃어 보려고 했지만 여전히 얼굴에 그늘이 진 채로
마당쇠도 소감을 밝혔다.

"여기 계신 분들은 정말 박수받아 마땅한 분들입니다. 오늘
이 막공이라고 생각하니 정말 쓸쓸하네요. 앞으로는 어찌 될
지 모르겠습니다. 공연을 오래 했으면 하는 바람입니다."

마당쇠의 말에 객석이 술렁이자 항아리가 덧붙였다.

"저는 오늘 공연이 끝이 아니고 내년에도 계속될 거라고 생
각합니다. 빛나는 순간을 오늘 다 보여 드리지 못해 공연을 더
해야 하지 않을까 싶습니다."

그렇다면 앞으로는 어떤 연극을 하고 싶냐는 관객의 질문
에 한동안 조용했던 탐진치가 의견을 밝혔다.

"연필통이 하류층 얘기 말고 다른 것도 하면 좋겠더라고요.
셰익스피어 같은 것도 하면 좋겠다고 의견을 낸 적이 있어요."

탐진치의 말에 '오오'하는 탄성이 객석에서 나오자 은하별이 손을 들고 발언했다.

"저는 그런 거 말고 우리들의 이야기를 공동으로 만들어서 하는 게 좋다고 생각합니다."

은하별의 말에 박수가 나오는데 객석에서 한 관객이 발언권을 얻더니 말했다.

"저는 변방 연극제에서 예술 감독을 맡고 있어요. 저는 동시대에 대한 고민이 담겨 있는 작품이 우리에게 더 많이 필요한 것 같아요. 여러분이 스스로를 대상화하지 않고 주체가 되어서 자신의 시선을 드러내고 소통하는 작품이 나와 주었으면 합니다. 그래서 저희 변방 연극제에 참여해서 더 많은 관객들을 만나 주셨으면 합니다."

객석에서 박수가 터져 나왔다. 배우들뿐 아니라 항아리와 작은나무까지 함박웃음을 지었지만, 몇 명은 웃지 못했다. 그중에는 마당쇠, 촌놈, 그리고 탐진치가 포함되어 있었다. 마당쇠는 방금 전 이야기를 이해하지 못했고, 촌놈은 공연이 끝난 후부터 내내 눈물을 닦고 있었고, 탐진치는 극장 안의 그 누구와도 나눌 수 없는 생각을 하고 있는 듯했다.

식구라고 생각한 적 없어

잠시 후 관객과의 대화가 끝난 뒤 극장 입구에서 만난 임인자 변방 연극제 예술 감독은 좀 더 자세한 이야기를 들려주었다.

"변방 연극제는 연극과 공동체의 문제에 관심이 많아요. 저는 예술 감독으로서 세상에 화두를 던지는 것을 고민하고 있습니다. 〈연필통 사람들〉은 연극을 메타적으로 바라보는 시선을 통해서 연극의 의미에 대해 질문하고 있는 작품이라고 생각했어요. 마지막에 문제를 해결하는 데 있어 감정적으로 휩쓸려 급격하게 화해하는 점은 아쉬웠지만, 작품 자체는 좋게 평가했습니다. 내년에 좋은 작품으로 저희 연극제에 참여해 주셨으면 해서 초대 의사를 밝히게 되었어요."

'우리는 연극제 같은 데 참여하려면 멀었다'라던 늘보가 이 이야기를 들으면 얼마나 좋아했을까, 올레는 마음이 복잡했지만, 돌아와 보니 극장 안은 이미 축제 분위기였다. 공연을 보러 온 친구들과 기뻐하는 단원들의 어수선한 분위기 속에 혼자 있는 들국화가 보였다. 결국 들국화의 가족은 오지 않은 모양이었다.

"다 같이 기념 촬영하겠습니다. 무대로 나와서 두 줄을 만들어 주세요!"

"연필통 사람들 파이팅!"

배우들, 스태프들, 강사진이 모두 모여 파이팅을 하며 기념 사진을 찍고, 극장에 설치된 무대 소품을 치우기 시작할 때쯤, 마당쇠는 공연을 본 신문사 기자와 인터뷰를 가졌다. 그러는 동안 박 팀장이 항아리를 따로 불러내 오늘을 끝으로 탐진치가 탈퇴한다는 것을 먼저 알렸다.

탐진치가 직접 자신의 탈퇴를 알린 것은 이날 밤 쫑파티 현장에서였다. 단원들은 별로 놀라지 않았다. 누군가는 마지막 공연까지 함께해 줘서 고맙다고 말하기도 했다. 거듭된 이별이 단원들의 마음을 단단하게 만든 것인지도 몰랐다.

탐진치의 집은 그의 직장에서 멀지 않은 곳에 있었다. 올레가 모든 단원들의 집을 찾아다니며 촬영하는 것을 알게 된 탐진치는 '나도 초대하겠다'라고 약속했지만, 막상 인터뷰 날짜를 잡자고 하면 말을 돌리기 일쑤였다. 공연이 끝나고 극단을 탈퇴한 후에야 그의 집에 가 볼 수 있게 된 올레는 그가 왜 집으로 부르지 않았는지 알게 되었다.

연립 주택의 일 층에 위치한 그의 집은 방송에나 나올 법한 '쓰레기 집'이었다. 집 자체는 한 사람이 살기에 좁지 않은, 15평 남짓한 다세대 주택이었다. 그러나 바닥부터 천장까지 온갖

탐진치의 집.

물건과 잡동사니가 가득 차 숨조차 편하게 쉴 수가 없었다. 주워 온 가구인 듯 제각각 다른 모양의 책장과 선반들이 물건으로 가득 찬 채 이곳저곳에 놓여 있었고, 채 거기에 들어가지 못한 온갖 종류의 신문, 잡지, 책, 박스 등이 바닥에 그대로 쌓여 있어 현관에서부터 집 안쪽까지 한 발씩 걸음을 내딛기도 쉽지 않았다.

탐진치도 자신의 집이 쓰레기 집이라는 것을 잘 알고 있는 듯 계면쩍게 말했다.

"집이 분위기가… 집안 꼴이 이런데 어떻게 집에 있어. 그냥 밤에 들어와서 자고 아침에 딱 일어나 눈 뜨면 바로 나가지…. 집에 안 있어. 항상 열한 시 이후에 들어와. 열한 시 이전에 들어올 일 있으면 술집에 가서 술 먹고 있다가 시간 맞춰 들어오고.

집에 있으면 텔레비전 보는 거지."

과연 집 한쪽 구석에는 27인치 정도 되는 TV가 놓여 있었다. 뜻밖이었던 것은, 집이 이렇게 더럽고 비좁은데도 한쪽에 나란히 놓인 옷장 안의 옷들이 깔끔하게 정리되어 있다는 점이었다. 탐진치가 늘 맵시 있게 차려입고 연습에 왔기 때문에 평소 집에서도 살림꾼이 아닐까 예상했던 것이 완전히 빗나간 데 올레는 크게 놀랐다.

"선생님… 집이 이런데… 사회 복지사나 자원봉사자 분들이 오시면 뭐라고 안 하나요?"

"와도 문 앞까지만 왔다 갔지. 집에 들어온 적은 없지. 내가 보여 주지도 않고."

옷을 갈아입기 위해 옷장을 향해 가는 탐진치의 등 뒤로 썩은 귤 무더기와 우르르 굴러떨어지는 볼펜들이 보였다. 탐진치가 걸음을 옮길 때마다 바닥에 쌓인 물건들이 이쪽에서 저쪽으로 튀고 밟혔다. 올레는 제대로 서 있기도 힘든 상황에서 카메라를 어디에 어떻게 두어야 할지 몰라 헤맸다. 결국 옷을 갈아입고 카메라 앞에 앉은 탐진치와 올레가 마주한 것은 한참을 실랑이한 후였다.

"극단 활동을 그만둔 이유가 뭔지 말씀해 주시면 좋겠어요."

탐진치는 카메라를 외면한 채 담배를 찾으며 말했다.

"내 취지하고 안 맞아서… 뜻하는 바하고 안 맞아서…."

오랫동안 탐진치에 대해 좋은 이미지를 가지고 있던 올레였다.

"그래도 오랫동안 한 식구로 지내셨잖아요."

"나는 식구라고 생각 안 해, 그런 생각 없어. 그냥 내가 취하는 바를 취하는 거지."

이날은 올레가 탐진치에 대해, 어쩌면 사람에 대해 사실은 아무것도 모르고 있었구나 다시 한번 생각하게 된 날이었다. 인터뷰를 마치고 나오던 올레의 시선이 현관에 쌓여 있는 물건들로 가닿았다. 자원봉사자들이 놓고 간 김장김치와 반찬이 스티로폼 박스째 놓여 있었다.

4-4. 다시 무대로

공연이 끝나고 나흘이 지난 11월 7일. 다시서기센터 연습실에서 공연 영상 시사회가 열려 단원들이 모두 모였다. 그동안 계속 혼자서 촬영해 온 올레는 나흘간의 공연 기간 동안 총 아홉 명의 촬영 감독의 도움을 받아 여러 각도에서 카메라를 돌렸다. 촬영된 화면은 멀리서 찍은 풀 샷(Full shot)도 있고 줌을 당겨서 잡은 클로즈업 샷(Close-up shot)도 있어서, 촘촘하게 교차 편집을 하니 마치 TV 드라마처럼 흥미진진했다. 그중에는 극 중 다큐 감독 노희주 역을 맡은 작은나무가 실제 카메라를 들고 무대에서 찍은 화면도 있었다. 그래서 작은나무는 '이주희'라는 실명으로 영화의 엔딩 크레딧에 촬영 팀으로 이름을 올리게 되었다.

영상 속에서 공연이 진행되자 시사회에 모인 단원들은 울고 웃고, 감탄과 한숨 등 저마다 다른 반응을 보였다. 이날 일부러 양복까지 빼입고 센터에 온 촌놈은 이미 공연 중간쯤부터 눈물을 닦고 있었다. 클로즈업 화면에 담긴 지연화의 표정 연기는 모두의 감탄을 자아냈다. 영상을 본 시나브로는 생각만큼 연기를 잘한 것 같지 않은지 스스로를 자책했다.

"나만 빼놓고 다 잘한 것 같아요. 나만 너무 자연스럽지 않고, 설정하는 게 보였어. 나는 집중을 못 했는데 관객이 그냥 웃을 때는 막 짜증이 나더라고."

올레가 시나브로를 달랬다.

"매일 연기가 다르고 관객 반응도 달랐어요. 이 영상은 셋째 날 공연 영상이고, 또 동선 위주로 편집한 거라 연기의 결이 잘 보이지 않을 수도 있으니 너무 자책하지 않았으면 좋겠어요. 촬영은 현장 분위기를 백 프로 전달하기 어려워요. 공연 영상은 절대로 공연을 대신할 수 없고요."

그래도 아쉬움이 컸던지 시나브로는 모두를 향해 다시 한

번 반성했다.

"제가 다른 사람들이랑 호흡을 잘 못 맞춘 거 같아요. 사실 제가 그동안 들국화나 마당쇠 형님을 좀 무시했어요. 근데 연극할 때 두 사람 연기에서 진정성이 보이니까 충격을 받았어. 나는 겉만 맴도는 게 아닌가 싶고. 사실 이거 때문에 마음이 슬프고 울적해서 쫑파티 끝났을 때 한참을 혼자 걸었는데, 눈물은 안 나오더라고요."

시나브로가 물꼬를 튼 탓인지 은하별도 자아비판을 이어 갔다.

"나야말로… 옛것에 매달리는 바보 중의 바보야."

박 팀장이 화제를 전환했다.

"두 번 보신 관객 분들은 〈이문동네 사람들〉 때보다 재미있고 자연스럽다고 하셨어요. 그보다도, 앞으로 어떻게 할지가 중요한 거 같아요. 처음에 열여덟 명이 시작했는데 지금 이렇게 줄었잖아요."

그의 말처럼 시사회에 참여한 단원은 촌놈, 마당쇠, 은하별, 시나브로, 들국화, 그리고 강사진과 밀가루, 박 팀장과 지연화, 올레가 전부였다. 이번 공연을 준비하면서 발아, 이소룡, 류, 늘보, 또치, 탐진치가 떠났다. 마당쇠가 의견을 내놓았다.

"돈도 안 주는데 뭐 하러 연극을 하냐고 센터에 말이 돌더라고요. 신입을 받는 건 좋은데, 들어올 땐 마음대로 들어와도, 나갈 때는 마음대로 못 나가게 했으면 좋겠어요. 공연을 준비하다 중간에 나가 버리면 안 되니까요."

마당쇠의 의견에 항아리는 조심스레 반대의 뜻을 밝혔다.

"저희 극단 프락시스도 창단한 지 칠 년이 되었는데 아직도 정체성을 고민하고 있고, 사람들이 들락날락하고 있어요. 극단 연필통도 더 많은 사람이 거쳐 가야 한다고 저는 생각해요. 우리가 좀 더 열린 마음으로 많은 사람들이 오가게 하는 게 맞다고 보고요."

촌놈도 숨겨 왔던 진심을 꺼내 보였다.

"나는 나간 사람이 다시 온다면 고맙게 받아 줬으면 좋겠어. 그리고 열 명이 새로 왔다가 한 명이 남더라도 일단은 들어오게 하자고. 생활고가 있어서 힘들겠지만, 남을 사람은 남겠지."

"만약에 새로 온 사람한테 주인공을 시킨다고 한다면요? 섭섭하지 않으시겠어요?"

작은나무의 질문에 모두가 은하별을 쳐다보았다. 은하별이 '내가 뭐' 하는 표정을 짓자 작은나무가 다시 새로운 질문을 던졌다.

"그리고 다음 공연에서 본격적으로 노숙에 대한 이야기를 꺼낸다면 어떨 것 같으세요? 진짜 우리의 이야기를 한다고 하면? 각자의 이야기를 얼마나 오픈할 수 있는지 궁금해요."

들국화가 자신의 이야기를 꺼냈다.

"저는 사실 그동안 센터에서 연극하는 걸 공개하고 싶지 않았는데 이제는 떳떳하게 해도 되겠다는 생각이 들더라고요. 그래서 공연 때도 형이랑 사촌 동생한테 오라고 했었어요."

"나는 전부터 공개해서 상관없었는데 유독 들국화하고 또치가 거기에 신경 썼지. 없이 사는 건 죄가 아니야."

촌놈이 또치를 떠올리자 은하별이 처음 듣는 이야기를 꺼냈다.

"그런데 공연 때 류가 서울에 왔었잖아? 그날 우리 집에 와서 자겠다고 하길래 난 안 된다고 했어. 그랬더니 또치네 집으로 가는 거 같더라고?"

또치의 이야기

11월 29일, 공연이 끝난 지도 거의 한 달이 되어갈 무렵, 촌놈과 올레가 또치의 집을 방문했다. 또치가 배달원 역을 하기로 하고선 공연 전날 연락을 끊은 지 딱 한 달 만이었다.

"집이… 더 좁아 보이는 거냐…."

문지방을 넘어서며 혼잣말처럼 한탄하는 촌놈과 함께 차가운 바람이 불어 들자 또치가 작은 전기난로의 스위치를 켰다.

또치는 여전히 야위었지만 그래도 얼굴이 밝았다.

이날 올레는 공연 영상을 보여 주겠다고 또치에게 약속했었다. 또치는 컴퓨터에 USB를 꽂고 영상을 재생시켰다. 영상이 시작되고 얼마 되지 않아 관객의 웃음소리가 크게 들리자 또치가 궁금했던지 볼륨을 높였다.

"뭐 때문에 빵 터진 거야?"

벌써 몇 번째 보는데도 볼 때마다 처음 보는 사람처럼 집중하던 촌놈은 뒤통수를 어루만지며 말했다.

"내 머리가 저 뒤까지 없는 줄 여기서 처음 알았어."

커튼콜까지 담긴 공연 영상은 80분 남짓해 끝났다. 그제야 겨우 모니터에서 시선을 뗀 또치에게 올레가 물었다.

"공연 전날부터 연습에 안 나온 이유가 궁금했어요. 그날이 기초 수급 심사를 받는 날이었다고 들었는데 문제가 있었어요?"

또치가 잠시 망설이더니 입을 열었다.

"그날 수급 심사 직원이 왔을 때 집에 류 형도 있었어요."

"류가 있었어요? 왜요?"

"전화가 왔어요. 잠자리가 없다고 하더라고요. 그러려니 하고 주무시라고 하고 나서… 갈 줄 알았어요. 그런데 직원이 올 때까지 안 가더라고요."

기초 수급을 받기 위해서는 지원 서류에 적은 내용이 사실인지에 대해 담당 직원의 현장 심사를 받아야 한다. 또치는 혼자 살고 있고 장애와 디스크로 근로 능력이 없어 생계가 위태로웠기에 기초 수급을 신청한 것이라 신청한 내용대로 혼자 살고 있어야 했다. 따라서 류가 함께 살고 있다고 오해를 받으면 수급 심사에 좋지 않은 영향을 받을 수 있었다. 류가 또치를 돌보는 것이 아니라 또치가 류를 돌보는 상황이라고 해도, 그역시 근로 능력을 의심받을 수밖에 없었다. 또치가 류의 존재를 불편하게 여긴 것은 당연한 일이었다.

"그렇다고 내보낼 수도 없고, 심사 직원 상담하고 나서…."

또치가 뭐라고 하려다 말고 말을 고르는데 촌놈이 옆에서 거들었다.

"류 때문에 수급이 될지 안 될지 모르고 그러니까 이래저래 연습에 안 나온 모양이야."

"그런 일이 있는 줄 몰랐어요. 또치는 연습하러 오고 싶었던 거죠?"

"제 마음이… 괜찮았으면 그때 나갔겠죠. 사람이 없다 그래서 배우도 할 생각이었고… 자리를 잡고 하려고 목사님도 초청했고…."

갑자기 그때 일이 생각났는지 눈물을 글썽이던 또치는 더 이상 말을 잇지 못했다. 코를 풀고 멍하니 있는 또치를 대신해 촌놈이 말을 이었다.

"류가 안 나가고 계속 있었대. 무슨 일이 생길지 모르니까 얘도 같이 집에 있었고. 그렇게 지난주까지 있었던 거야. 며칠 있었던 거지?"

"24일이요."

마치 자랑처럼 자기가 경찰에 쫓기고 있다고 말하고 다니는 류와 같이 있으면서 또치가 얼마나 불안했을까, 올레는 생각했다. 뒤늦게 연락이 닿은 촌놈이 또치네 집에 같이 가 보자고 한 것도 또치의 상태를 확인하려던 것이겠구나 싶었다. 또치가 연극을 하지 않았으면 촌놈을 만날 수 없었겠지만, 류도 만나지 않을 수 있었겠구나 생각하니 올레의 마음이 복잡해졌다.

"수급 심사 결과는 나왔나요?"

"네, 6급으로 인정돼서… 육 개월에 한 번씩 동사무소에 진단서 제출하면 매달 사십팔만 원이 나온다고 하더라고요. 일단은 그걸로 된 거 같아요."

굶어 죽지 않을 만큼의 도움. 기초 수급이란 그런 것이다. 앞으로 어떻게 살아갈지는 또치의 재활에 달렸다. 올레는 망설이면서도 묻지 않을 수 없었다.

"연극을 계속하실 건가요?"

"모르겠어요. 절 좋아해 주신 분들한테 실망감을 주기 싫은데…."

"고민이 길어지면 스트레스만 쌓여. 결정은 빨리하고, 후회는 하지 말고."

촌놈이 충고했다. 올레도 마지막 질문을 던졌다.

"그동안 연극하는 모습 촬영한 것은 영화에 써도 될까요? 처음에 출연하는 것도 어렵게 결정했잖아요?"

"의리상 한 거죠. 사실은 중간에 연극하기 싫을 때는 제가 나온 부분은 넣지 말라고 말할까 하다가 참았어요. 제 평생 또 언제 해 보겠어요? 이런 경험을."

에필로그

2015년 변방 연극제 참가작 〈올나이트 : 긴급상황〉.

영화 〈연극하는 날〉은 2012년 극단 연필통의 정기 공연 준비 과정을 촬영한 것이지만 2020년에야 완성이 되었다. 영화를 완성하는데 팔 년이라는 긴 시간이 흐른 것은 당장의 생계에 바쁜 올레가 후반 작업을 계속 미룬 탓이 컸다. 게다가 영화 제작이나 배급과 관련해 계약을 하거나, 어딘가의 지원을 받은 바도 없어 빨리 작업을 완료해야 할 당위성이 없으니 편집은 한없이 뒤로 밀렸다. 그런 와중에도 연필통은 꾸준히 공연을 계속했다. 2012년 극단이 만들어진 후 연필통 단원이자 전속 촬영 감독이 된 올레도 매년 워크숍과 공연 영상을 촬영 편집해 기록으로 남겼다.

- 2013년에는 노숙을 주제로 한 창작 공연 〈사노라면〉을 올렸다. 다시서기센터를 배경으로 실제 노숙인과 사회 복지사를 취재해 작은나무가 집필한 이 작품에는 사회 복지사인 안상협을 비롯해 새로 입단한 단원 다섯 명까지, 총 열세 명이 함께 했다. 주연을 맡은 것은 새로 입단한 단원들이었다.

- 2014년에 올린 〈우리 집에 왜 왔니〉는 가족을 소재로 한 연극이었다. 시나브로는 이 공연에서 주연을 맡았다. 그러나 극장 공연에 이어 문화 소외 계층을 위한 방문 공연을 이어 가던 어느 날, 갑자기 잠적해 이후에는 활동하지 않았다. 극단 연필통은 서울문화재단의 지원사업에 이 년 연속으로 선정되어 공연을 올렸다.

- 2015년에는 변방 연극제에도 참여했다. 그해 공연한 작품은 〈올나이트 : 긴급상황〉이라는 제목으로, 극단 연필통의 상황에서 소재를 얻어 '아마추어 공연 팀이 공연을 준비하던 중, 하루 전에 배우 한 명이 사라지며 공연을 할 수 없는 상황'을 그렸다.

- 2016년에는 용산구 주민들과 프로젝트 팀을 만들어 '우리마을 활동지원사업'의 지원을 받아 활동하기도 했다. 정기 공연으로 올린 작품은 〈천로역정〉을 각색한 〈길〉이었다.

- 2017년 〈연필통 낭독극장〉까지 공연을 이어 온 극단 연필통

은 모든 문화예산 지원이 끊어진 2018년 처음으로 공연을 올리지 못했다.

외부 지원이 없는 상황에서 벽에 부딪친 단원들은 그동안 모아 오던 회비를 계산해 보았다. 매달 오천 원씩 모은 회비는 2018년 말, 총 삼백오십만 원이 되어 있었다. 부족하지만 이 돈으로 마지막 공연을 올리자고 생각한 항아리와 단원들은 작품을 골랐다. 〈행복한 가족〉이라는 제목의 연극이었다. 죽은 아내의 제삿날 찾아오지 않는 진짜 자식들을 대신해 가짜 자식들을 렌탈한 할아버지가 겪는 좌충우돌을 그린 코미디로, 주인공인 할아버지 역은 촌놈이 맡기로 되어 있었다.

2019년 가을 본격적으로 연습에 들어간 단원들은, 그러나 결국 공연을 올리지 못했다. 이듬해 초 처음 국내에서 발생한 코로나19가 이후 삼 년간 공연 예술계를 마비시켰고, 다시서 기센터도 감염의 위험 때문에 이용자가 아닌 자원 활동가의 출입을 금했기 때문이었다. 그래도 극단의 마지막 공연에 맞춰 영화를 완성하려고 준비해 오던 올레는 더 이상 작업을 늦출 수 없었다. 2019년 영화진흥위원회에 신청한 '장편 독립 영화 후반작업 기술지원 사업'에서 지원작으로 선정되면서 극장 개봉을 위한 색 보정과 DCP 제작을 지원받은 상황이었다.

2020 'DMZ 국제 다큐멘터리 영화제' 한국경쟁 부문
〈연극하는 날〉관객과의 대화.

영화는 2020년 'DMZ 국제 다큐멘터리 영화제'에 출품되어 장편 영화 한국경쟁 부문에 선정되었다. 월드 프리미어 상영이 었지만, 코로나19로 상영 제한이 걸린 상태라 영화제에서는 단 2회, 회당 서른 명의 관객만 받을 수 있었다. 극단 연필통 단원들은 준비했던 마지막 공연 대신 DMZ 영화제 현장에서 관객을 만났다. 관객과의 대화에 패널로 참여한 촌놈은 연극을 할 수 있어 행복했다고 말했고, 박상병 팀장은 노숙인에 대한 문화예술사업의 필요성을 강조했다. 항아리는 극단 연필통과 함께하며 느꼈던 보람과 기쁨에 대해 이야기했다.

영화는 에필로그 형태로 2020년 당시 단원들의 근황을 전

한다. 이 책은 2025년 현재 단원들의 근황을 전하는 것으로 마무리하고자 한다.

- 〈연필통 사람들〉을 공연한 이듬해인 2013년 촌놈은 또치를 자신의 집으로 불러들여 이 년간 함께 살았다. 2017년에는 반려자를 만나 외롭지 않게 되었다. 2025년 현재, 촌놈은 척수염으로 인해 휠체어를 타야만 외출이 가능하다. 하지만 아픈 아내를 알뜰히 돌보며 열심히 살고 있다.
- 또치는 2013년 이후 서울역을 벗어나 직장을 구했고 연필통 공연이 있을 때마다 스태프로 참여하기도 했다. 2024년 건강하게 잘 지낸다는 소식을 전해 주었다.
- 은하별은 2015년 뇌질환을 겪은 뒤 술을 끊었고 2016년에는 원하던 방송에도 출연했다. 한동안 극단 활동을 그만두었다가 2016년 다시 시작했으나 공연 준비 중 단원들과의 마찰로 극단에서 탈퇴했다.
- 늘보는 2012년 가을 지방에 일자리를 얻어 잘 지내고 있다는 소식을 전해 왔다.
- 시나브로는 2013년 전문 극단에 들어갔지만 곧 그만두고 다시 연필통에 돌아왔다. 2014년 공연을 앞두고 잠적해 이후 활동하지 않았다.

- 들국화는 자전거 수리 일로 돈을 모아 2018년 세탁기가 있는 새 임대 주택에 입주했다.
- 탐진치는 이후 잠시 연필통 활동을 재개했으나 2015년 다른 단원들과의 사이에 문제를 일으키고 그만두었다.
- 류는 2019년 영화 제작 당시 노숙인 센터에서 지내고 있었다.
- 작은나무는 결혼 후 아들 예준이와 예승이를 낳았다. 서울 연극제 신인 연기상을 수상하기도 했으며, 작가로도 계속 활동하고 있다.
- 네모는 한동안 외국 생활을 하다 돌아와 다시 연극 활동을 하고 있다.
- 항아리는 〈연필통 사람들〉에 음향 스태프로 참여한 앵콜과 결혼해 하음이와 서하의 아빠가 되었다. 항아리는 이후에도 계속 극단 연필통에서 활동했고, 2025년 현재는 제주도로 이주해 살고 있다.
- 박상병은 2025년 6월 다시서기센터에서 정년을 맞아 은퇴했다. 그의 아내 지연화는 극단 연필통의 상담자이자 유일한 여성 배우로 자원 활동을 계속해 왔으며, 앞으로 두 사람이 열정을 쏟을 수 있는 새로운 일을 찾을 계획이다.
- 마당쇠는 2014년 마지막 날, 알 수 없는 병으로 쓰러져 갑자

기 숨졌다. 서울역에서 만났을 때 숨이 차다는 그에게 앰뷸런스를 불러 주려 했으나 괜찮다며 집으로 갔다고 한다. 마침내 좋아하는 여자를 만나 혼인 신고를 한 뒤 결혼식을 몇 달 앞둔 상황이었다. 사망 후 사흘이 지나 발견된 그의 장례는 가까운 사람들에 의해 조용히 치러졌다.

마당쇠의 죽음은 남은 단원들에게 깊은 영향을 주었다. 올레는 영화를 완성해야 하는 당위성을 찾지 못할 때마다 마당쇠를 찍은 장면을 보면서 힘을 얻었다. 그리고 '한 세상 살면서 자식 하나 남기지 못한 아쉬움'을 이야기하던 마당쇠와 마찬가지로 올레도 세상에 남길 가족이나 자식이 없지만, 연극으로 행복했던 한 시절을 기록한 영화와 책이 남았으므로 이만하면 괜찮다고 생각해 보았다.

모두의 힘든 삶에 웃음을 안겨 주었던
우리들의 마당쇠 故 이호형 님을 추모하며
(1958.03.04. - 2014.12.31.)

극단 연필통 공연 기록

2012년 극단 연필통 창단 공연 〈이문동네 사람들〉

5월 29일부터 30일까지, 오후 7시 30분

대학로 아름다운 극장

2012년 제2회 공연 〈연필통 사람들〉

10월 31일부터 11월 3일까지, 평일 오후 8시, 토요일 오후 4시

대학로 동숭무대소극장

2013년 제3회 공연 〈사노라면〉

10월 23일부터 24일까지 오후 7시 30분, 25일 오후 3시

대학로 한양레퍼토리극장

2014년 제4회 공연 〈우리 집에 왜 왔니〉

10월 24일 오후 8시, 25일 오후 4시

서강대학교 메리홀 소극장

2015년 제5회 공연 〈올나이트: 긴급상황〉

11월 13일 오후 8시, 14일 오후 4시

미아리고개 예술극장

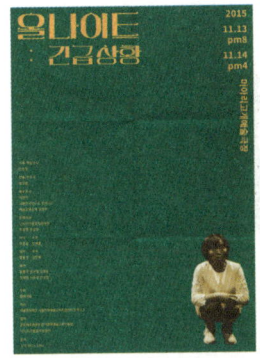

2016년 제6회 공연 〈길〉

10월 28일 오후 8시, 29일 오후 3시와 7시, 30일 오후 4시

대학로 키작은 소나무 극장

2017년 연필통 낭독극장 〈재채기〉 〈의지할 데 없는 신세〉

12월 8일 오후 7시

후암동 문화카페 길

덧붙이는 글

화양연화 - 연필통 사람들

전기송/연출

저는 지금 제주에 살고 있습니다.

연필통과 작업하던 십여 년 전에는, 당연하게도 십 년 후의 제 삶이 제주도에서 펼쳐질 줄은 정말 몰랐습니다. 그리고 이걸 쓰고 있는 지금 현재, 제가 제주도에서 연극과 비슷한 일을 하는 도중에 이걸 쓰게 될 줄은 더더욱 몰랐구요.

제가 일하고 있는 테마파크는 제주 신화를 바탕으로 만들어진 일곱 신의 캐릭터들이 공연을 하고 영상 속에서 뛰어노는 곳입니다. 저는 그간 그리스 로마 신화 정도만 알았는데, 제가 새롭게 선택한 삶의 터전인 제주에 이렇게 매력적이고 멋진 신들의 이야기가 있었더라고요.

앞으로 어떻게 하면 관객들에게 만족을 줄 수 있을까, 우리 캐릭터들을 어떻게 꾸미고 연출하면 사람들이 우리에게 더 관심을 가져 줄까 등등 매우 어렵지만 저에게는 즐거운 고민들을 하며 늦게까지 집에 못 가고 있습니다. 하음이, 서하 내 새끼들 제대로 본 지가 언제인지 모르겠고요, 고작 여기서 일한 지 이제 한 달 조금 넘었는데 아주, 아주 힘듭니다. 게다가 저는 연출자도 아니고 일개 마케팅 홍보 영업 직원일 뿐입니다. 그런데, 이런 힘듦에도 불구하고 이런 아이디어를 생각하고 고민하고 구상하는 일이, 우리 공연을 멋지게 만들어 보고 싶다는 생각으로 일하고 있는 지금이, 한편으로는 벅차고 매우 즐겁습니다.

연필통과 처음 작업하던 2012년의 제 마음이 딱 지금과 비슷했더랍니다. 그때도 진짜 정말 아주 매우 힘들었고요, 너무 자주 사건 사고의 연속이었고요, 여러 다른 작업과 병행하느라 몹시 과부하가 걸렸지만, 갈월동 다시서기센터에 연습하러 들어서는 순간에는 정말 더 피곤했지만, 세 시간여의 연습을 마치고 다시 밖으로 나왔을 때는 놀랍게도 충전이 되어 있는 저를 발견할 수 있었습니다. 함께했던 우리 동료들, 선생님들께 여러 번 했던 이야기입니다만 세월이 흘러도 다시 그렇다고 말할 수 있습니다.

연필통과 함께했던 시간들, 특히나 2012년의 그 시간들은 제 인생에서 가장 힘들었지만 그만큼 가장 즐겁고 빛났던, 매우 상투적인 표현이긴 하지만 정말 그야말로 '화양연화'였습니다. 이렇게 멋진 순간을 기록하셔서 영화도 만들어 보여 주셨던 올레 쌤이 이번에는 그 이야기들을 책으로 엮어내 주셔서 너무나 감사한 마음과 함께, 제 삶이 바쁘다는 핑계로 너무 멀리 떨어져 버린 우리 연필통 식구들에게 미안한 마음도 한편에 있습니다. 저에게 다시금 연극하는 재미와 의미를 깨닫게 해 주었던 우리 연필통 식구들 모두에게도 다시 한번 감사드립니다.

연극은 역시 어떤 식으로든 평생 하면 좋은 그런 예술인 것 같습니다.

자리를 지켜 내고자 했던 사람들

이주희/작가, 연기 지도, 무대 미술

이 책의 원고를 다 읽은 저는, 한동안 복잡한 마음이 되어 좀처럼 글의 첫머리를 시작할 수 없었습니다. 당시 연극을 같이 만들었던 '작은나무'로서 어떤 회고 형태의 글이면 되겠거니. 지금도 어느 한쪽에 생생히 남아 있는 기억의 조각들을 대략 버무리며 그래, 우여곡절은 있었으나 열정을 불태운 호시절이었지, 쉽게 써질 것만 같던 글이었습니다. 촬영을 시작한 지 팔

년이 걸려 영화가 나오고, 또 이 에세이가 나오기까지 오 년이 걸렸습니다. 그 험난하고 지난한 과정을 간간이나마 지켜본 저로서는, 곧 세상에 나올 이 실물 책의 존재만으로도 의미가 남다른데, 하물며 허락된 지면 앞에서 팬스레 마음이 조아려집니다. 영화보다도 더 무거운 밀도로 진심을 꾹꾹 담아 써낸 것과 같은 작가님의 마음을 마주하면서, 저도 미사여구 없는 진솔한 마음으로 귀한 지면을 채워 보고자 합니다.

"자리."

영화의 스크립트 같기도 하고, '노숙인복지센터'라는 기관의 이론과 실제를 담아 놓은 사회 복지학과의 교보재 같기도 하고, 그 자체로 하나의 연극 대본 같기도 한, 이 짧지 않은 이야기를 읽는 내내 저는 '자리'라는 말이 떠올랐습니다. 나름 연극을 한 지도 오래됐고 지금까지도 교육 연극 일을 해 오고 있지만, 그 키워드가 새삼 이토록 사무치게 다가온 건 이번이 처음이었습니다. 이쪽 계통에서 자주 언급되는 '역할'이라는 말과는 또 다르게 느껴졌습니다. 배역이 주어졌으나 이런저런 이유로 떠난 사람들과 그들을 찾으러 종횡무진하는 사람들의 모습과 함께, 노트북 앞의 작가이자 공연을 진행해야 하는 강사로서 고민할 수밖에 없었던, 당시 저의 모습이 겹쳤습니다. 떠난 이의 자리를 비워 둘 것이냐, 말 것이냐? 자리를 아예 삭제

해 버릴 것이냐, 다른 누군가로 대체할 것이냐? 그것은 그가 다시 돌아올 것인지에 대한 믿음, 그리고 나아가서 극단원이었던 '노숙인'에 대한 저의 시선의 문제였습니다.

그 후로도 오랫동안 이따금씩 그들을 생각했고, 당시의 저를 떠올렸습니다. 사실 저에게 '극단 연필통'은 반문의 대상이었습니다. 정확히 말하면 그 속에 있는 저에 대한 반문이었죠. 그렇게까지 나를 이끈 동력은 무엇이었을까? 내가 정말 그들을 진심으로 대했다고 할 수 있을까? 자주 무기력해지고 설레는 일을 애써 찾아다녀야 하는 요즘의 저에게, 〈연필통 사람들〉을 연습하던 그 시절은 매우 빛나서 집중하게 되고 자발적인 에너지가 솟구쳤던, 잊을 수 없이 뜨거웠던 여름날들이었습니다. 하지만 그 시절이 소환될 때마다 다시금 되돌아오는 질문. '대체 왜 그렇게까지?', 그리고 이어서 회의감까지. '그래서 뭐? 연극이란 게 그렇잖아? 일회성일 뿐이잖아?'

어쩌면 당시의 저는 일종의 '프로그램'이라고 일컬어지는 이 '연극'이란 활동에 대해 어마어마한 책임감을 가지고 임했던 것 같습니다. 「끝이 좋으면 다 좋아」라는 셰익스피어 희곡의 제목을 인용해 가며, 흡사 강박과도 같이 공연을 성취해 내고자 했고, 결코 작지는 않을 그 성취만으로도 이 극단에 매우 유의미할 것이라는 생각이 한편으론 있었습니다. 과정이 아름다워야 한다는 기치 아래 얼마나 많은 체념과 나태가 용인되는지에 대해 더 많이 분노하는, 지금 생각하면 참 해맑고도 직설적인 전공생이었던 것 같습니다. 하여 책임을 다하지 않고 잠적이 일상화되어 버린 그들에게 때론 상처받고, 다시 꾸역꾸역 용기 내어 손 내밀었다가, 또다시 상처받는 일들의 연속에… 지쳤다기보단 그저 체념해 버렸던 순간들이 생각납니다. 어떤 순환의 굴레에 갇혀 버린 그들. 나는 그 굴레에 엉켜 버리지 않으리라, 어느 순간부터는 거리감을 두며 공연의 완성을 위해서만 달린 것 같습니다. 비록 일회성일지라도. 비록 이들의 삶에 극적이기는커녕 손톱만 한 변화도 없을지라도. 아무렴 어때, 끝이 좋으면 돼…. 그래서 '극단 연필통'에서의 시절을 떠올리는 것은 저에게 있어, 찬란하게 아름다웠던 기억을 떠올리는 것이자, 동시에 위선적이고 독단적이었던 스스로를 냉소하는 시간이기도 했습니다.

그런데 곧 책이 될 이 묵직한 기록을 읽어 내려가는 동안 저는 '아! 그동안 내가 나의 어느 한 면만 기억하고 있었구나!' 책임감이든 즐거움이든 동기가 뭐가 됐든, 하나의 역할을 맡고서 그걸 포기하지 않은 나의 모습과 속은 상하지만 빈자리를 그대로 두고 기다려 주고 싶었던 마음이 보였습니다. 울기도 많이 울고 여러 감정을 유감없이 내보이며 어떻게든 그렇게 자리를 지키고 있었음을 느낄 수 있었습니다. 내가 생각하는 것보다 더 진심을 다해 임하였음을 다시금 거울처럼 들여다보게 해 준, 귀한 기록이었습니다. 그리고 기록을 통해 또 한 번 알게 된 것은, 내가 그들에 대해 알고 있던 것 역시나 달의 한 면일 뿐이었다는 것이었습니다. 당시로서는 모든 정보를 알 수 없었던 각자만의 이야기와 사정들이 안타까워 유독 읽어 나가기가 힘이 들었는데, 다큐 영화와 뭐가 다른 건가 생각해 보니, 영화의 감독이자 이 에세이를 쓴 올레 작가님의 이야기를 들을 수 있어서가 아닐까 싶었습니다. 영화에 나오는 모든 장면을 직접 촬영하고 인터뷰를 건넨 당사자인 작가님의, 오직 그만이 가질 수 있었던 생생한 시선과 당시 생각들을 함께 볼 수 있었다는 점이 매우 반가웠습니다.

그렇습니다. 이 책은 〈연필통 사람들〉이라는 대본에서 출발한 연극을 만드는 사람들에 대한 영화로써 이미 새 텍스트가 되었고, 영화로 다 못 담은 이야기—시시콜콜하리만치 사소하면서도 치열하게 무대 혹은 삶에서 어떤 '자리'에 서고 싶고, 서야 하는 사람들의 이야기—를 올레 작가님의 '내레이션'으로 꾹꾹 담아낸 또 다른 텍스트가 되었습니다. 1차 기록이라고 할 수 있는 촬영부터, 시나리오 집필, 편집을 거쳐 상영까지. 그리고 다시 또 N차일지 모를 이 책이 나오기까지 전심을 다해 기록해 주서서 개인적으로 감사의 말씀을 드립니다. 책 속 '작은 나무'의 입장을 떠나 예술 창작자인 한 사람으로서, 바로 손에 쥘 수 있는 보상이나 어떤 수치화된 성과가 아닌, 보이지 않는 것으로부터 동력을 얻을 수 있고 내 작업의 당위성을 찾을 수 있다는 것에 위로와 힘을 얻었습니다. 다시 한번 작가님의 출간을 축하드리고, 무한한 경의를 표합니다.

연필통 사람들이 너무나 그립습니다.

자기 속의 자기가 풀어지는 희열

지연화/극단 연필통 상담 활동가

거리 노숙인 상담 일을 하던 중 연필통의 제의를 받고, 처음 노숙인 상담을 시작했을 때 신중했던 마음과 달리 별다른 고민을 하지 않았다. 연필통에 관한 취지를 듣고는 끌리듯이 함께하게 되었다.

연필통 안에서 내 역할은 확실했다. 노숙인들의 상황과 의견을 연출 팀에 알려 주어 연극 모임이 원활하게 진행되도록 만드는 중계자의 역할이었다. 일주일에 한 번 보는 연출 팀이 노숙인들이 겪었을 삶의 내용을 알기는 어려웠기 때문이다.

사람마다 삶의 과정, 상황에 따라 쓰는 언어가 같더라도 말을 내뱉는 순간 그 의미는 많이 다르다. 그런 노숙인의 말을 그나마 알아듣기 위해서 그 사람의 삶의 여정을 듣고 이해하고 느껴야 하는 것이기에 한 사람 한 사람에게 친밀함으로 다가가려고 했다. 매주 모두에게 전화해 얘기하고 어려움을 공감하고 문제를 해결하기 위해 노력했다.

시간 가는 줄 모르고 몇 년을 그렇게 열심이었다. 함께 웃고 울고 싸우고 화해하고 아파하고 서로 위로하고… 결국 연필통 속에서 우리는 모두 같은 마음으로 함께하게 된 것이다.

자신의 삶을 연극 속 배우에게 투영하여 자기만의 대본을 만들고 자신이 배우가 되어 공연하면서 자기 속의 자기가 풀어지는 희열은 함께 연극에 참여한 사람들이 공통으로 느끼는 감정이었다. 그것은 회원들이 연필통을 떠날 수 없는 가장 큰 이유다.

주변의 많은 관계자들과 다른 노숙인 분들의 지지와 관심도 커져 갔다. 커진 관심은 노숙인들이 가장 필요한 자존감을 갖게 했고 회원이 늘어 가고 있었다.

물론 좋은 일만 있었던 것은 아니다. 어려운 사람들이 모여 맞춰 가는 것이니 어려운 일들은 헤아리기조차 힘들었다.

가장 가슴 아픈 건 저녁 식사 시간이 지나고 도착해 식사를 못 하는 사람이 있을 때였다. 모임 후 식사를 할 수 없기 때문이다. 음료수와 간식 준비를 빼놓을 수 없는 이유이다.

난 아직도 노숙인 하면 떠오르는 장면이 있다.

서울역 앞에서 팀워크를 종료하고 서로 헤어지려는데 움직이지 않는 분이 있어 물어보니 자기는 갈 집이 없다는 거다. 한참을 되뇌게 하는 경험이었다.

또 한 번은 길거리 노숙인을 보며 "너도 엄마 말 안 들으면 저렇게 되는 거야, 알겠지?" 하며 아이를 끌고 가는 엄마의 모습 뒤로 그 아이와 눈이 마주친 노숙인의 눈을 보았다.

일상적으로 하는 말들이 한 인간에게 부딪쳤을 때 드러나는 공허함, 패배감, 상실감… 무엇이라 가늠할 수 없는 상처를 그때 보았다.

노숙은 개인이 아니라 사회의 문제라는 인식 개선이 필요하다고 느꼈다.

그 와중에서도 연극하겠다는 분들은 사회 회복력을 가지고 있는 분들이다.

그런 분들에 대해 국가나 사회 어떤 조직이든 많은 지원이 있었으면 하는 바람이다.

이렇게 시간이 흘러 연필통을 접어야 하는 때가 되었는데도 실감이 나질 않는다.

나의 사십 대 중반, 오십 대 초반을 함께한 사람들에게 너무 감사하고 감사하다. 그리고 너무 죄송한 마음이다. 나의 부족함으로 더 잘할 수 있는 것들을 놓친 것 같아 마음이 무겁다.

아직도 기억을 함께하는 연필통 사람들과 그 일을 위해 힘써 주신 모든 분들의 평안을 빈다.

배우가 된 거리의 사람들

박상병/다시서기종합지원센터 사회 복지사

　독립 극단을 지향하던 연필통이 개개인의 회비로 모아 둔 금액으로 준비 중이었던 마지막 공연이 코로나로 중단되고 난 이후에 지금까지 진행되지 못하였습니다. 그 와중에 우리의 모습을 기록하던 노여래 감독이 연필통의 활동을 책으로 출판하자고 하여 감사한 마음입니다. 어쩔 수 없이 사라질 수밖에 없었던 우리의 이야기가 기록된다는 것에 기대가 됩니다.

연극 프로그램을 시도하기 전에, 저는 일명 현장이라고 하는 서울역에서 거리 노숙인들을 만나고, 그들의 삶이 현재보다 나아질 수 있도록 갖은 방법을 시도하다 번아웃이 된 상태였습니다. 센터장을 찾아가 인사이동을 요청할 정도로 현장의 절망과 한계가 제게도 풀어낼 수 없는 한계로 다가온 상태였습니다.

그때 새로운 대안으로 문화적 접근이 필요하다고 생각하게 되었습니다. 이전에 다시서기센터에서 연극을 교육했던 교육연극 연구소 프락시스 대표인 김지연 선생에게 전화하여 연극 프로그램의 연속 진행이 필요하다고 요청했습니다. 김지연 대표도 긍정적으로 답변하여 연극 프로그램을 새롭게 시작하게 되었습니다. 이후에도 지속적으로 관심을 가져 준 프락시스와 김지연 대표님께 감사드립니다.

처음 참여자들을 모집할 때 가장 많이 들었던 말은 '참여하면 어떤 것을 지원해 줄 수 있느냐'라는 말이었습니다. 생존이 우선인 사람들이라 자신이 참여한 만큼 보상을 받고 싶어 했습니다. 하지만 '조건 없는 참여'를 원칙으로 정하고 지켰습니다. 스스로 참여하지 않으면 경험상 결과는 뻔했기 때문이었습니다.

참여자 범주도 고민이 되었습니다. 노숙인 프로그램은 노숙인만을 참여시켜야 한다는 원칙을 버리고 참여자들이 지향해야 할 모델이 될 만한 분들로 당시 LH 매입 임대 주택에 입주해 지역 복지 체계로 들어가신 분들도 참여하게 하였습니다.

운영과 관련해서는 폭넓은 관계로 형성된 소모임으로 만들고 싶어 다양한 자원봉사자들로 하여금 참여를 유도하였습니다. 내성적인 자원봉사자가 프로그램에 참여하고 난 뒤 조금씩 스스로 변화하면서 '제가 가장 많이 도움이 된 것 같다'라고 표현한 친구도 있었습니다. 참여 기간과 상관없이 참여자들과 허물없이 어울려 준 자원봉사자들에게 감사를 드립니다.

또한 우리의 활동을 기록으로 남기고 싶었습니다. 마침 거리 노숙인을 촬영하던 노여래 감독에게 제안을 했었는데, 프로그램은 물론 참여자들 개개인의 삶을 정성스럽게 담고, 연필통이 어려웠을 때도 끝까지 지키려 노력했던 것을 고맙게 생각합니다.

노숙인에게, 특히 프로그램의 참여자들에게 사회 복지사들은 절대적인 존재가 되기도 합니다. 그래서 쉽게 나서서는 안 되는 존재이기도 합니다. 해서 저를 대신해서 노숙인 참여자들 사이에 들어가서 그들과 관계 맺고 라포르 관계를 바탕으로 그들의 욕구, 어려움, 상태 등을 상담하여 저에게 연결해 주는 역할이 필요했습니다. 과거 영등포 상담소에서 더러운 거리 노숙인의 손톱을 깎아 주던 지연화 씨에게 참여를 부탁하였고, 필요한 분들에게 적절한 복지 서비스를 연계할 수 있었습니다. 참여자들에게는 누나 동생으로, 연극에서는 여배우로 활동해 주신 지연화 씨에게 고맙고 감사드립니다.

그리고 참여자들 사이에서 열성으로 프로그램을 이끌어 주신 교육 연극 연구소 프락시스 김지연 대표님과 여러 강사님들에게 감사드립니다. 특히 연필통 참여자들에게 둘도 없는 영원한 강사이신 전기송 선생님과, 막내처럼 선생님들 옆에서 얘기를 들어 주고 그네들의 삶을 들여다보려 했던 이주희 선생님에게 감사드립니다.

가장 기억나는 것은 공연 홍보를 진행하면서 언론의 취재에 어떻게 대응하느냐는 문제로 논의했던 것입니다. 화두는 '배우로 연극 공연을 올리는 현재 우리가 노숙인인가?'라는 것이었습니다. 선생님들 간에 치열한 논의가 진행되었습니다. 말없이 앉아 있던 분들도 적극적으로 참여하여 결국 개인별로 결정해 인터뷰하든 사진을 내보내든 하자는 결론이 나왔습니다. 참여자 스스로 치열하게 논의하고 결정하던 모습이 아직도 눈에 선합니다.

이런 과정들이 모여 대학로에서 정식으로 연극 〈연필통 사람들〉을 올릴 수 있었고 그때 참여자들은 노숙인이 아니라 배우였습니다. 스스로도 정식 배우가 되었다고 기뻐하던 '사람들'이었습니다.

그 이후로도 매년 연극을 올리면서 유지하다 막공이 코로나로 중단된 지금, 처음 공연에서 참여자들이 보였던 모습들이, 노력들이, 글로 남게 되어 기쁩니다.

그동안 연필통에 스스로 참여하고 공연을 올려 주었던 모든 참여 선생님들께 감사를 드립니다.

저자의 글

영화로, 다시 책으로 말하기

안녕하세요? 영화 〈연극하는 날〉을 감독하고 이 책을 쓴 올
레입니다. 독자 여러분을 만나 뵙게 되어 기쁩니다. 코로나 와
중에 관객을 만날 때만큼이나, 책으로 독자를 만나는 일이 쉽
지 않더군요. 이 자리를 빌려 영화와 책에 제가 어떻게 나오고
있는지에 대해 말씀드리고자 합니다. 먼저 영화에 대해 얘기하
는 게 좋을 것 같아요. 제 얼굴은 영화가 끝나기 오 분 전쯤 딱

한 번 화면에 나옵니다. 목소리는 상당히 자주 나오는데, 영화 속 출연자들이 카메라에 대고 얘기할 때 대답하는 목소리는 모두 저의 목소리예요.

저는 모든 장면을 직접 촬영한 감독으로서, 카메라를 든 '올레'라는 존재를 화면에서 완전히 지울 수는 없을 거라 생각했지만, 과하게 드러내고 싶지는 않았습니다. 그래서 영화 속 상황의 일부는 내레이션으로 전달해야겠다고 결정했을 때도, 내레이터로 제가 아닌 작은나무(이주희)를 섭외했습니다. 연극 〈연필통 사람들〉의 작가인 작은나무야말로 영화 속의 모든 상황을 정리해서 이야기해 줄 화자로 적격이라고 생각했고, 기대처럼 작은나무는 내레이터 역할을 멋지게 해 주었지요.

그래도 가끔 화면에 등장한 단원들이 '나는 올레 너에게 내 이야기를 하고 있어'라고 직접적으로 말하는 듯한 장면을 볼 때면 '우리는 영화를 만든다는 것에 대해 제대로 인식하고 있었던 걸까'하는 생각이 들기도 했습니다. 영화를 보면, 인터뷰 중인 단원들이 고개를 비딱하니 꺾고선 카메라 뒤에 앉아 있는 저를 향해 직접 얘기하는 장면들이 곧잘 나옵니다. 이들에게 있어 카메라, 또는 훗날의 관객은 그저 사이에 낀 거추장스러운 존재일 뿐이고, 기실 얘기하고자 하는 상대는 저였던 것이죠. 그렇게 토로한 과거의 힘들었던 이야기, 현재의 낙심한 기분, 미래에 대한 걱정 등은 극히 개인적이지만, 또 너무나 평범하고 공감되는 서울역 사람들의 이야기이기도 했습니다. 그래서 영화제에서 상영되었을 때 많은 관객들이 따뜻한 연대와 격려의 말을 남겨 주셨던 것이 아닐까 싶습니다.

단원들은 이 영화가 완성될 거라고 믿지 않았던 것 같습니다. 잘돼야 '이름 없는 극장에서 몇 번 상영하고 말겠지(실제 늘 보가 했던 말입니다.)'하면서 촬영에 동의하고, 또 솔직한 이야기들을 해 주었던 것 같아요. 하지만 이제는 만든 지 수십 년 된 이름 없는 독립 영화도 OTT에서, 혹은 플랫폼에서 결제해 언제 어디서나 볼 수 있게 되었습니다. 저는 이미 노숙 상태를 벗어나 연극과 관계없이 살고 있는 단원과 그의 가족들이 미처 예상치 못한 상태에서 TV나 핸드폰으로 영화를 접하기를 바라지 않았습니다. 그래서 출연자들로부터 영화의 배급과 다른 매체로의 활용에 대한 동의를 받아 놓았음에도 영화를 OTT 혹은 각종 플랫폼에 올리지 않기로 결정했어요. 결국 이 이야기는 영화제와 공동체 상영을 통해 만난 일부의 기억에만 남아 잊혀 가고 있었습니다.

그러다 영화를 촬영한 지 십삼 년, 완성 후 상영한 지 오 년 만에 그 내용을 다시 정리해 책으로 내고자 할 때는 몇 가지 동기가 있었습니다. 시발점이 된 것은 사회 복지사로서 열정을 다한 후 서울역을 떠나게 된 박상병 선생님의 정년퇴직이었습니다. 여기에 단원들이 뿔뿔이 흩어지면서 그동안 준비했던 마지막 공연을 무대에 올리기 어렵게 된 것도 중요한 동기가 되었습니다. 무엇보다 가장 큰 이유는, 제가 지난 몇 년간 문화예술교육사로 노인과 장애인을 위한 교육 프로그램을 운영하면서 우리가 극단 연필통으로 모여 공연했던 일이 얼마나 대단한 일이었고, 단원 모두에게 엄청난 도전이었는지를 깨달은 것이었습니다.

그때는 모든 문제가 우리가 노숙인 극단이기 때문인 줄 알았습니다. 시간이 지나고 보니, 그 모든 어려움은 사람 사는 세상이면 어디에서나 벌어질 수 있는 일이었더군요. 다만 노숙 생활, 혹은 빈곤에서 벗어나지 못한 채 맞닥뜨린 난관이 우리를 너무 쉽게 쓰러지고, 배신하고, 도망치게 만들 뿐이었습니다.

우리처럼 약한 사람들이 연대하여 문화예술을 하고자 할 때 우리의 경험담이 도움이 되었으면 좋겠습니다. 특히 연극을 배우고 공연하는 과정이 참여자의 삶에 얼마나 영향을 줄 수 있는지 궁금하신 분들께 우리의 이야기를 기꺼이 들려 드리고 싶습니다. 그래서 이번 책에는 올레도 초장부터 등장인물 중 하나로 무대에 서게 했습니다. 부끄러워 차마 '나는'이라고 쓰기는 어려워 '올레는'이라고 남의 이야기처럼 썼지만, 당시 느꼈던 저의 솔직한 느낌을 올레의 생각으로 옮겨 썼습니다. 책에 나온 다른 등장인물의 대사도 모두 영화에 담겼거나, 혹은 담기지 않았더라도 실제 촬영된 장면에서 가져왔습니다.

영화와 책을 만드는 과정에서 도와주신 고마운 분들이 있습니다.

먼저 영화의 기획과 편집 과정에서 함께해 준 서울호서예술실용전문학교의 김진호, 노미래 교수에게 감사를 전하고 싶습니다. 노미래 교수는 이 책에 일부가 실린 영화 속 애니메이션과 CG도 맡아서 영화를 빛내 주었습니다. 공연 촬영에 힘을 보태 준 서강대학교 영상대학원 동문들—김기민, 이원영, 이지원, 지현철—에게도 감사드립니다. 촬영에는 김대영, 김동원, 그리고 저의 사수인 황승용 감독님도 함께해 주었습니다.

음악을 맡아 준 홍보람 감독은 극단 연필통과는 특별한 인연이 있습니다. 영화에 수록된 모든 곡은 홍보람 감독이 직접 작곡하고 연주해 주었습니다.

후반 작업 과정에서 모니터링에 참여하고 상영관에서 응원해 준 분들께도 감사드립니다. 우연, 천정흔, 이지, 노경희, 이왕재, 강예지, 최윤광, 신경옥, 김은지, 임수진, 그리고 극단 연필통의 마지막 총무인 장영환(백호)의 도움과 응원에 힘을 낼 수 있었습니다.

다시서기종합지원센터에서도 많은 분들이 촬영을 도와주셨습니다. 특히 저의 첫 영화부터 함께해 주신 방동환 선생님과, 마지막에 감수를 맡아 주신 이정규 선생님께 감사 인사를 드립니다.

오랫동안 저를 지원해 주신 함기선, 한승혜, 최정주, 노승영 님이 없었다면 영화 작업을 시작도 하기 어려웠을 것입니다. 도전할 수 있게 영감을 주신 안순봉, 구관혁 님께도 감사드립니다. 책을 쓰는 동안 저와 가족들에게 힘든 일이 많았습니다. 돌봄을 나눠 맡은 노희준, 노희승, 노상래, 그리고 요양 보호사 이만호 님에게 고마운 마음을 전합니다.

각본의 진도가 나가지 않을 때, 강원도와 원주시의 후원을 받는 토지문화관에 머물며 큰 도움을 받았습니다. 또 이 책을 구상하고 집필하는 동안 경기도 예술인 기회소득의 도움을 받았음을 밝히고 싶습니다.

연극하는 날

2025년 12월 30일 1판 1쇄 펴냄

지은이	노여래
펴낸이	김성규
편집	조혜주 최주연 권은하 한도연
디자인	신혜연
펴낸곳	걷는사람
주소	서울 마포구 월드컵로16길 51 서교자이빌 304호
전화	02 323 2602
팩스	02 323 2603
등록	2016년 11월 18일 제25100-2016-000083호

ISBN 979-11-7501-050-5 04800
ISBN 979-11-89128-13-5 (세트)

* 이 책은 경기도, 경기문화재단 〈2025 경기예술생애첫지원(문학)〉 A트랙(재단 출간지원)으로 발간되었습니다.